泅游

—— 知性女人的禅意人生

◎ 毕依明 著

团结出版社

图书在版编目（CIP）数据

洄游：知性女人的禅意人生/毕依明著. —北京：团结出版社，2010.1
ISBN 978 - 7 - 80214 - 937 - 3

Ⅰ. 洄… Ⅱ. 毕… Ⅲ. 散文 - 作品集 - 中国 - 当代 Ⅳ. I267

中国版本图书馆 CIP 数据核字（2009）第 209417 号

出 版：团结出版社
　　　　（北京市东城区东皇城根南街 84 号　邮编：100006）
电 话：（010）65228880　65244790
网 址：http：//www. tjpress. com
E – mail：65244790@ 163. com
经 销：全国新华书店
印 装：三河东方印刷厂

开本：170×230 毫米　1/16
印张：14
字数：187 千字
版次：2010 年 1 月　第 1 版
印次：2010 年 1 月　第 1 次印刷

书号：ISBN 978 - 7 - 80214 - 937 - 3/I · 173
定价：28. 00 元

我说，我见……

　　人近中年，不惑之年，不再冲动，不再感伤，甚至曾经沧海。但是生活中总有那么多的瞬间和画面让我们心动，给我们启示，让我们知道生命中还有太多值得我们永远追求的东西。点点滴滴，风花雪月，喜怒哀乐，记录下来，信手翻动一页，就像生活中随时都会有的零星的情绪一样，拨动那一瞬的心弦，走进那一刻的感动。随遇、随感、随心、随笔，以证明和分享生命的改变与成长！

　　生命不过是一个在路上的过程，是一场旅行，一次未知过程而先知结果的旅途。说出了什么不重要，重要的在于听者与观者的感受。一部文字可以引起的只是主观意识的共鸣，在那个听者与观者的内心，以自己的理解而明意。

　　将自己的文字尝试着走向公共的平台，这是我十八岁就有的文学梦。但是迟迟不敢走出来，总是在自我的空间吟唱，怕文字不美，怕思考不够，怕结构不严谨，怕误人子弟……如今，一种对文学和文字的爱好经过人生二十几年的磨砺终究还是要面世了。也许，这文字背后需要的是勇气、智慧，更加需要的是生活教给我们的那份经历！我们的成长就是无数的文字给了我们光明和指引，人到中年，也会有一些人生的经验教训与他人一起分享，这不仅是一种爱好，还应该是一种追求，一种幸运。且练且走，至少我还是一个有梦想和困惑的人，至少我还需要证明和指点，至少我还在追求着那无间的道！

　　如果我们有缘，如果有幸得到一点儿指点，如果命运注定要以这样一种方式让我们经历生命，那就随它吧！随己吧！随你而随遇而安吧！

　　见梅惊笑，问经年何处，收香藏白……

　　　　　　　　　　　　　　　　　　　　　　　许俊怡

　　　　　　　　　　　　　　　　　　　　2009年于京华

悟则刹那间（代序）

蔡 云

对人生的颖悟是人尽其毕生的修炼，然而人类把所有突发的创造性思维都称之为顿悟。距离六祖的唐代近千年，人类就发现了灵感、直觉和顿悟，心理学家们认为它的出现是凝聚了长期、认知、甚至艰苦的思考才可能出现的领悟。它是人对经历、感觉和潜意识的突变和飞跃，因此而生"迷闻经累劫，悟则刹那间"。

毕依明是我们这圈朋友中活的最炫、最酷、最纯粹、最通透、最投入的一个。细品她的作品，想到与她相识至今，她一连串"伟绩"让我惊叹不已，敬佩之心油然而生，大有"顿见真如本性之感"。

从十几年前她乾坤大挪移般地带着宝贝女儿从北方到天涯海角，再转战北京，在职场上创造着未来，到如今事业、爱情、家庭五子登科般的辉煌，这一切竟是那般如火如荼，令人炫目。上 MBA，读哲学，写诗歌，育孩子，写博客，样样都付出的很具体，很扎实。在匆忙中表现着坚毅与柔情的交织。记得 1998 年好久未见她了，我们在报纸上见到某楼盘广告，案名为："一幅画卷"，我们几个同行不约而同地会心一笑"这肯定是毕依明的杰作"。因为只有她才能将感情发挥得如此淋漓尽致的精致。

我非常欣赏和喜欢她的真诚与率性。从她的作品中不难看出，她点点滴滴间张扬着热情崇高而独立的个性。从《洄游》中体味着人类母性最崇高的境界。当我仔细品味着书名时，我的眼前浮现的是逆流而上百折不回的忘我奋进，母亲用一生乃至生命去完成一个完满的洄游，这是何等的舍生忘死，是一种凤凰涅槃般的崇高。也是在阅透人生大彻大悟之时才会创造的奇迹。当生命的水夹带着时光层层叠叠的后退时，当青葱的岁月被现实与记忆带到了迷散的夜晚，回望母性的一生，对爱是无须理由和边界的。这就是人生境界的一种，我想也是毕依明所有追求而顿悟的真谛吧！

顿悟了的女人知道，曾经遥不可及的一切竟是那么如此理所应当。

顿悟了的女人知道，曾经的乱世情怀，不再是欲盖弥彰。

顿悟了的女人知道，在一切世俗上沾染的尘渍，在自我透彻的天地中会灰飞烟灭。

她会用慧智，用温暖，用欢愉，去拥抱那个属于自己的爱——幸福并不遥远。

（序作者系中国房地产业协会商业地产专业委员会秘书长）

2009 - 11 - 22

目　录

第二篇 知性之光——生命感悟

第三篇　回眸自然——人在旅途

第一篇 感性之水

——家有儿女

女人温润如玉

柔韧似水

女性在女儿、妻子、母亲的角色中演绎着感性的魅力

女人四十！

四十岁，人到中年！

古云：四十而不惑 —— 我说：四十而始惑！

人云：女人四十豆腐渣 —— 我说：四十岁，生命才刚刚开始！

女人四十，为人妻，为人母，为人女，为人朋。当人生的所有角色在这一刻让你认识的时候，自我、小我、大我、他我的关系是不是纵横交错又一目了然？！生命是否刚刚开始，人生漫漫的旅途才刚刚起步。

四十而乔尊孔孟，尊教守礼而政昌积；

四十而右佛老庄，自在逍遥无为而散发，顺其自然乃至无不为之境。

女人四十，我如无为与有为！……

家有儿女

感谢命运！让我有一儿一女，中国字的"好"即是一女一子而成，所以我有一个好家庭！这是命运送给我的最好的礼物。

自实行一孩儿化以来，家里有两个孩子成为一种奢侈。尤其是城市，从最初的限制到现在的主动一孩化，甚至有一些人已经开始丁克了，给指标都不要孩子。这种状况在某些城市甚至成为一种时尚，这类人群中，知识分子、高学历者居多，这不得不令人思考。

近几年来，要二胎似乎也成为了一种潮流，稍有经济基础的人要第二个孩子的状况也有所抬头。这是时代发展的一个现象，却也说明一些问题。有一家电视台曾经有一期节目，讨论关于一孩化的国策给中国带来的影响时，提到这样的论点，就是它会彻底的改变中国几千年来的儒家建立的家族秩序，打破宗法社会的根基。过去一代一代人的以家族为家庭秩序的体系，因为只有一个孩子而不再延续。不再有叔叔大爷，姑姑姨妈，七大姑八大姨的都没有了。还有最大的问题是人口的老龄化，将来两个孩子要负担四个老人甚至更多。而且我们国家过去的养儿防老的赡养义务将会成为社会福利方面巨大的负担！这样的国策在减少人口，提高人口素质的另外一个层面的负效应也会凸显的。

我要二胎，绝对属于太喜欢孩子那类。同时总感觉一个孩子太孤单，中国几千年来的宗法社会的观念在作怪，总认为血浓于水。将来我们百年以后，无论如何这个世界上还有一个有血缘关系的亲人，不管他们是否在一起，心里都不会觉得孤独。我有一个很要好的朋友，父母亲很年轻就双双去世了，她只有一个哥哥，于是她的哥哥就成为她唯一的亲人。在她父母去世后的几年内，我感受着这样的血缘关系给她带来的温暖和牵挂，更加的认定要再生一个孩子。同时我还认为，血缘关系的兄弟姐妹会给孩子的爱和责任感的教育带来意想不到的收获，是其他的角色无法替代的。

感谢命运！因为有了一儿一女，让我学会宽容，学会责任。懂得了不同性别的不同，知道了因材施教的实质意义。他们就像我的两个老师，在他们成长的不同阶段给予我不同的教益。让我懂得生命的意义，存在的意义，还有责任感和使命感！

于是，我歌颂生命，探讨生命的意义，在我生命中的每一刻体会和珍惜他们的一切。同时我与我遇到的所有人分享这样的感受，也希望所有的人能够在感受到这样幸福的同时，也与我一样，在创造和养育生命的同时完成自我的成长与升华。如此，生命便有了意义，便有了价值，便有了延续与繁衍，人类社会也会因有着这样的周而复始而前行和进步，社会文明也会因此而发展和走向辉煌！

生命的价值也许就是生命的再造和重塑，自我的和他我的！

父 亲 节

　　父爱如山！经常听到有人抱怨，女人的节日太多，什么三八妇女节，母亲节等等，就是没有男人的节日。不管父亲节是不是西方的节日，终于有了男人的节日！而且在我看来将父亲节当作男人的节日是再恰当不过了。因为没有生过孩子的女人不能称其为真正的女人，没有做父亲的男人也不是真正的男人！

　　中国人表达感情的方式往往是含蓄的、内敛的、不事张扬的，尤其是父亲，做男人的就会深沉很多。那份关爱和惦念也是不经意的。记得那些年轻的岁月，每一次离开家，父亲都不出门，甚至还有一次记忆很深的，父亲背对着门，脸冲着墙，流着泪念叨着：孩子你潇洒呀……那份不舍和心痛至今还记忆犹新。也许我这个年龄的人或许都有这样的经历，也许很多人没有发觉，但是父爱就在那里，一个或远或近的如山一样的爱！

　　三十七岁那年，一次父母到我这儿小住，临别，我以自己家里的习惯，下意识地拥抱告别父母。谁知这不经意的拥抱竟然让我们都泪流满面，我们似乎同时意识到自从记事起父母从没有这样拥抱过我。这之后，再回家分别时，我们便有意识的拥抱一下以示告别，互道珍重。爸爸经常会在嘴里念叨着：还有多少次来来回回啊……

　　父爱如山，在默默的无言中我感受着它并伴随我成长。如今我的孩子们也在成长，他们的父亲一样给了他们更多的关爱，那是一种生命之爱。他用自己的生命爱着一双儿女。这爱经常让我感动，这爱里有自我的牺牲，更有实现的价值，这价值在很多人看来不理解，而在我看来却是那样的伟大。我是如此的幸运，从父亲的爱中成长，又感受自己儿女父亲的无私奉献，两个男人，两个父亲，一样的爱，一样的两座山，让我踏实，让我依靠，无论现实中他们在别人眼中是什么样子，他们就是我的父亲和丈夫。那如山般的稳定和深沉让我懂得男人的力量。

父亲节，你给了人们一个机会，一个表达自己爱的机会，一个向自己父亲表达爱的机会，也给了一个男人接受爱的机会，更重要的是，通过这个节日我们发现了多少生活中失去的，麻木的，多么重要却让我们熟视无睹的平凡的爱！

拿起电话，走进家门，带一份礼物，在父亲节那天，向我们每个人的父亲说一声：辛苦了！爸爸，谢谢你的爱！

尘封的冰山也会融化……

附：因着分离的记忆，女儿对这一幕的印象却也有一样的感触，并有记录，一并整理，两代人对同一幕的感受，一并献给父亲节！

[之一]

　　一次次，

　　车载着他们的希望而来。

　　一次次，

　　又载着他们的失望而去。

[之二]

　　我们经常做一些无意义的事，

　　世俗已让我们的泪腺干涸。

　　偶尔拥抱你的长辈，

　　他们已不再年轻。

　　往日挺拔的背影不再，

只有一双佝偻的肩。

[之三]

他紧紧地拥着你，
好像搂着一块玉，
一块容易打碎的玉。
他是如此地爱护你，
但却已无能为力。

他紧紧地拥着你，
拥着这一闪而逝的幸福，
这幸福是如此的不可靠，
充满了渺茫。
但他仍紧紧地抓着，
即使那是一颗注定要落的星。
因为，
无数次的分离，
已教给他，
依靠回忆。

幸福如喜子

幸福如喜子！

儿子五岁了！

儿子的名字叫喜子！

叫喜子的儿子在我们心里叫幸福！

喜子是超生的，是我们中年得子。我写着：我的生命的价值也许就是生命的再造和重塑，自我的和他我的。带着这样的人生体验和比较明确的目标，在希望为女儿有一个血缘关系的亲情的同时，也出于对创造生命的热爱和渴望，一个4.1千克的男孩诞生了！听到他降临人世的第一声啼哭，我在手术台上泪如泉涌……

因着嫁了孔姓丈夫，作为中国人，无疑要守着祖宗的规矩，于是这个孔家第七十五代的孩子有了"祥龙"的名字，排在祥字辈，属小龙，就是小名为喜子的儿子——又简称"孔龙"！

不料，这个简称"孔龙"的儿子还不满足，到两岁的时候，他自称自己是"飞龙"！每每说到这儿的时候，还做出一个飞的动作。天哪，我好不诧异，中国《周易》的乾卦的九五之尊就是"飞龙在天"，他未免也太童言无忌了……

喜子刚刚诞生时，我在他的宝宝相册里妈妈的话上写下了这样一句话：善良、正直、富有正义感和责任心的、有霸气的男子汉。

果然，五年之中，这个小生命给我们带来的一切今天我称之为"幸福"！

从牙牙学语，蹒跚学步到2岁入幼儿园；从小小班的芽芽班、小班苗苗班，从中班的百合班到大班的丁香班；从第一幅的胡乱涂鸦到现在的一幅幅有模有样的画儿；从第一个字母a、o、e，数字1、2、3到现在《三字经》的全文背诵，《百家姓》、《千字文》还有《乘法口诀》的倒默写，上千数字的背默写……啊，喜子有文化了！

生活中，经常的，挤好牙膏的牙刷放在装满水的杯子上，走进卫生间的一瞬，感动由心而生。出外游玩，他会把小手伸给你，说妈妈慢点，别摔倒了，我扶着你！小小的年龄懂得照顾别人，好样的！

从三岁开始，我们要求喜子自己到跟姐姐上下铺的小床上睡觉，他就是不肯，实在下决心把他扔到小床上，他会在黑暗中哭着站到你的床边或者站在我们的卧室门口，让你于心不忍。直到四岁半，说：喜子长大了，要独立了，要拥有自己的空间。睡觉前给他讲两个小故事，然后他就会在九点钟左右很自觉地自己上小床，将故事书放在枕头底下，盖好被子，等待妈妈来讲故事。如果你晚了，他会说："妈妈九点多了！"

两三岁的时候，为了锻炼他离开爸爸妈妈适应环境，也培养与老人的感情，会将他送到老人家住上个把月，每次打电话他都会说："妈妈，那什么……我挺好的，你们多注意身体，好好吃饭好好睡觉，放心吧！"整个儿一个小大人儿！

喜子是男孩！这一点要感谢老天给我这样的机会让我因为有一儿一女而感受性别的不同。他的表达能力很好，但是经常会用行为语言，而且表达方式上会与女儿有很大的差别，即使他觉得很好的东西也只是会说还行吧，还可以等等的话。或者说你看到就知道了，这还用问?！

哈哈，我儿子，长大了！

女儿寄宿，每到周末早晨，儿子背上小书包的时候都会说，姐姐今天回来，跟姐姐一起来接我！下午女儿回来会飞也似的跑到幼儿园接弟弟，周末送姐姐回学校时，他会嘱咐姐姐：好好学习。姐弟情深！有时她会说：谁要是欺负喜子，我绝不干！眼里还闪着盈盈的光……

弟弟的存在让她有责任感，也有保护弟弟的义务——对亲情和弱者。爱与责任，你的力量从这儿起步。

喜子还是个著名小孩儿！在幼儿园，没有不认识他的！经常会有老师开玩笑喊：儿子！他也会回报老师一个温暖。对喜子的关注最重要的表现在我看来就是几乎喜子所有的不当，老师都会看在眼里并及时与我们沟通，这应该是喜子人生的幸运和一笔财富。在老师与家长的联系册里一笔笔记载着那些关爱和趣事……喜子还有许多好朋友，过年的时候会让我们给他写出来，一写就一大串儿，还会告诉哪个是坏小子、哪个长得漂亮、谁最聪明，等等。啊呀，这样写下去没完没了，要成唠叨婆了，喜子的世界可丰富得不得了。幼儿园是他的乐园，每天都高高兴兴的主动第一个到幼儿园……

还有，有一次坐仰卧起坐，他竟然一气做了 110 个；

还有……

还有……

还有就是幸福的感觉将因他而陪伴我们一生！在喜子五岁生日之际，在祝福他健康成长之际，我所要说的就是不关乎金钱的、不沾染世俗的、不被所谓文明污染的自然而然的本色的——幸福，来自于爱和发现爱！

幸福就在你我身边，在平常生活的点点滴滴！

高考，考了谁

一年一度的高考临近了！多少家庭、学校、孩子们的命运在这样一种形势下定位、分流……

对于高考有着各种各样的说法：社会的考验和认可，对一个人十几年教育的综合考察，一个人走向社会的人生起跑线、社会选拔人才的主要机制……

于是，新闻、电视、报刊杂志、广播等等一拥而上，尤其是网络更是无所不用其极，信息铺天盖地，眼花缭乱，目不暇接……

究其实，弱水三千，你只取一瓢饮。那么多厚厚的参考资料无疑是压给家长和孩子们身上厚重的负担，可又有几个人面对这样的负担会说"不"！无法免俗，无法豁达，无法简单。有一万个理由让我们劳碌，结果呢?！

人生的路毕竟只走一回，高考和十八岁毕竟只有一次，是谁承担了责任？是谁放弃了体验？又是谁打扰了成长的顺其自然？盼望独立，渴望自我，可真正做到要付出怎样的代价？

不管怎样，只要是善意的关爱，自觉地承担和接受，都是一种美！然后在人生漫漫长河中去享受这份关爱和亲情带来的挂念！亲情的血缘关系在人生各个不同过程中的经历面前或更加厚重或渐觉淡薄，然后懂得责任和感恩！

高考，静静地等待花开！

无论如何，十八年的成长在这儿是一个转折，高考考出的是你知识的积累，更是生命成长的过程；

无论如何，走向社会的第一步，不管在哪儿，命运都会眷顾那些快乐活着的人。在人生的下一个驿站，一群什么样的人、一个怎样的环境在等待着准备了十八年的人；

无论如何，接受你走过的路和自己的走过的一切，昂首挺胸的迈向明天，你就长大了！

无论如何，一颗健康的心和积极乐观的迎接挑战的性格会给你成功的答案！

少年得志，未必是好事！失意，恰恰又成就了坚强的人格和战胜困难的毅力！

成功与失败，得意与失意，不过一念间……

静静地等待花开，怎样的活法儿都是我们要接受和珍爱的，人生很漫长，但是关键处只有几步，走过去，只要你坚强、乐观，勇敢地迈出这一步，明天会更美好！

愿天下所有的父母相信自己的孩子有能力和智慧决定自己的人生，不要打扰了年轻的冲动和激情，不要轻视了对生命作为一种个体的尊重，也不要过早的白了自己的头发，相信每个生命都有自己的体验和辉煌！

愿天下所有的孩子不要放弃自己对生命各个过程体验的权利，在接受关爱的同时要自信的学会说不，十八岁，爱与责任从这里起步！

高考，考了谁?！……

家有考生（一）

家有考生！

女儿今天高考！

昨天是千年等一回的666，中国人极顺的日子！

早晨起来天空很蓝，路上湿湿的，昨晚有甘露自天而降，洗清了天空，洗刷了路面，也洗尽了烦躁……

因为学校统一安排去考场，女儿由班主任带队乘车赴考，既保证了时间、饮食、睡眠又能一路与同学们轻松的说说笑笑，少了特殊的待遇倒还了一份平常的宁静。省了家长的心，我们反而变得无所事事，无能为力了。最忙的时候捞了个清闲自在，咳，其实是干着急没办法！

北京市今天很多道路交通管制，所有经过的车辆不许停留，不许鸣笛，否则拖走……各大报纸、广播、电视媒体铺天盖地的信息。不知道面对如此的阵势，孩子们会作何反应？心理考验——高考的第一道关！

心里有一杆秤，不是一时一势，该怎样就怎样。"静静地等待花开"！可还是不知所措，更不知道我此刻的洒脱会不会对孩子造成影响——与外界相对照的那么多无法释然的"关怀"。

昨天中午送走了陪了孩子十天的老人，怕他们跟着担惊受怕，离得远一点儿反而好，无论怎样，为孩子高考前做几顿饭心里或许已经尽职尽责，这份幸福在孩子是否能理解，在老人却是至关重要的。这一点也许只有若干年后自己为人父母时方能体会得到，就像我之所以如此这样做，也是因为有一双儿女，才懂得老人之心难得！

九点钟，孩子应该步入考场，开始高考的第一科——语文。对于女儿，这是她的强项，应该是很有利的开端。但是到了出考场的时间，我的心还是开始忐忑不安了。过了12点，仍然没有任何消息，我沉不住气了。照女儿以前的风格，只有考不好的情况才会沉默，而且一旦她沉默下几科怎么办？一个短信发过去：恭喜你卸下了一个包袱，既卸下了就轻松了！美美的吃一顿小睡一会儿，准备数学吧！你的感觉代表着所有的好学生。冲妈妈笑一个……十分钟后，电话里说："妈妈，我考完了！"

"怎么样？"不安的心情却是坚定的语调。

"您想让我用一个字还是两个字形容？"

"一个字。"很坚定。

"爽！"那带有欣喜、得意还有那么一点儿张狂的语调让我的心一下释然了，千斤石头落地。

"好！"没等我说话，女儿就迫不及待地说：

"我很从容的答完了所有的题，还差十五分钟，时间掐得很好。又检查了一遍。您知道作文题是什么吗？《北京的符号》，命题作文，给了四段材料，我按照您跟我说的，用了仨……"

下午的考试是数学，接到电话时声音很平静，却是一个小时便答完了题，一路绿灯，保120分，冲130分的预估分。"不知道为什么，不像上午那么兴奋？"

12

"为什么？"

"不知道。"

"是不是感觉没发挥得淋漓尽致，答得不过瘾？"还是爸爸了解她。

"感觉复习了那么多白复习了，"有点遗憾的声音！

"艺不压身！你要记住，高考前一切是为了备战，高考后，所有的知识是你的财富，学习不只为了高考！"

"知道了。"还是有点儿失落……

晚上跟老公喝了一杯酒，高兴、幸福。人生漫漫长河就是由这一点一滴的感动汇成，当你感到激动和幸福的时候，不要太多的顾虑，你努力了，你付出了，该高兴的时候就高兴，这跟张扬没有关系。那么多辛苦的积淀可以释放一下，而这样的感觉百年不遇，稍纵即逝。

无论结果怎样，无论哪个结局与今天的感觉和预期是否相符，今天，女儿表现的沉着，冷静、理智和享受高考的快乐，以及情愿接受挑战的性格让我们觉得：她长大了！再不是"孩子"了！这是高考给她带来的，也是通过高考告诉我们的。

孩子长大了，我们幸福的老了！

长大的顺其自然，老了的心甘情愿！

家有考生（二）

家有考生！

高考成绩要出来了！零点，高考成绩网上查询将正式开始。女儿和无数的考生一样激动和焦虑了一天，终于熬到了零点。这之前，她反复地说：爸爸妈妈你们踏踏实实的睡你们的觉，不准到书房来，分数出来我会告诉你们的。但还是不停地唠叨着，以掩饰她的紧张和不安。我们劝她，一切都早已注定了，知不知道都一样，没什么好紧张的。但是其实我们的期盼之情又何尝能够掩饰得了呢?！事非经过不知难。

终于等到了十二点，女儿在书房上网，我们就在卧室静静地听消息，那种感觉和期盼不亚于高考时的紧张，就好像要得到一个宣判一样——就在那鼠标的一次点击。零点十几分，突然听到女儿的一声长叹，那声音就好像等待婴儿诞生的第一声啼哭：你们睡觉吧！（我们的感觉很好，以为分数不错）明天早晨八点开网。唉，一声叹息。既失望，又欣慰，就像那结果，又想知道，又怕知道，矛盾啊！

第二天一大早，女儿就起床了，很积极的送弟弟上学，一再的催他，并希望我和爸爸都尽可能早的离开家，剩下她自己慢慢的查分，好静静地等待那份"宣判"。因为我有事，所以七点一过就出去了，刚上车，手机短信就来了，班主任：查分了吗?

急忙回复：八点开网。

又得到回复：快查，已经有人查到了。

老师的关心和急迫将我的焦虑推向了极点，打电话回家，压抑不住的命令女儿赶快查分，批评她对自己没有信心，不敢面对已经既成事实的事情，还有要对关心她的人有一个交代，这不仅是她个人的事……于是老公盯着女儿上网，网络堵车，妈妈也打来电话催问。于是我又追问，老公说上不去，网络堵车，别急。放下电话，还没回过神，手机又响了，一看，家里电话，以为打错，接起，老公的声音：打错了！

我说："我以为已经查出来了。"

老公顿了一下："嗨，猜猜。还是告诉你吧，581分。闺女跟你说，我已经亲完她了！"语气中掩饰不住的激动和得意之情。

"妈，数学129分，语文125分……"

"祝贺你！好闺女，太好了，这个结果真好。"

一整天，我沉浸在喜悦和幸福中，我被这喜讯包围了！

先给老人打个电话，再给亲戚们打，将这个喜讯告诉他们，一起分享孩子十几年的成果。还有那些时刻关心孩子高考的朋友们……

听到这样的消息，每个人都像打了一针强心剂，一致祝贺和分享的声音，那份喜悦让我感到被关心和分享的幸福！身边的同事和朋友们也为我祝福，向我道贺！我笑在眉梢，喜在心里。一个人的努力和成绩给那么多人带来了快乐是一种荣耀，一个人的幸福被许多人分享是一种快乐……

还没到最后的时刻。没拿到录取通知书就不算高考的结束，也许我高兴得太早了，有点儿得意忘形——用这样的词形容我一点也不过分。女儿的成绩不是最好，只在本校是最高分。总分不是特别理想，但是，是正常水平发挥。于她，这个成绩可以用"完美"来诠释。记得高考的最后一门课结束，回家的路上，有一个朋友发短信来问："女儿两天来的高考用两个字来形容?"女儿坐在旁边，我给她看，她脱口而出："完美！"她用这样的词语来结束自己对高考的感受，让我很是欣慰。直到今天成绩出来，结果告诉我，她快乐享受高考的过程进一步得到印证。但是还差一步，那就是第一志愿的录取通知书！也许只有到那时，这一切才可以画上一个完美的句号。

还有一件事值得纪念和一提的就是女儿作文考了个高分。考完语文她就洋洋得意于自己的作文，今年北京的高考作文是命题作文《北京的符号》。给了一些材料，从几个方面来提示什么是北京的符号。女儿高考的前三天，我对她的作文下了最后的通牒。之所以这样讲，是因为女儿有随时提笔的习惯，因为看书很多，又喜欢写东西，经常喜欢创作性的写一些个人的小想法，这让我很是担心。高考，毕竟是一个太特殊的考试，万一跑题或者不守规矩，结果会很可怕。于是我要求她，即使是按题意写作文，只要是有标题，就按照给出的标题写。只要有材料就严格按照材料写，用尽用足材料，紧扣材料，在保证不跑题的前提下再有所发挥，如果立意高就会有高分。保守一点，争取拿到45～50分。结果她将材料用足后，谈到了发展中的北京的符号，谈到了"八荣八耻"正在作为北京的符号遍布大街小巷，谈到了继承中国传统文化和孟子的四端，谈到了和谐社会……于是她有了一个高分。高考考了什么，又考出了学子们什么样的价值观与综合能力，可见一斑。

家有考生的日子，紧张充实而又充满着思考。考的是孩子，被考的何止于孩子，考出的应该是时代的标准，社会的主流，文化的现状与未来的前景！

还要再熬半个月，等待那最后的结果，等待这个过程画上句号。但是剩下的时间和结局显然已经几乎没有了悬念。无论怎样，这一步走到现在，在某种意义上来讲，已经完美了！最后的结局应该是不以最后的成败论英雄。

还有两天是女儿的十八周岁生日，她用自己的行动和努力给自己送了一份最好的成人礼！我们更是欣喜，十八年的养育，我们也可以自豪地告慰自己，孩子长大了！

家有考生（三）

家有考生！

《家有考生》本打算写三部曲，希望以录取通知书为终结。但是却不得不提笔再写而不拘泥于形式。

今年的高考天气很好，凉爽的小风伴有零星的雨露，但是高考的结果却是所有人预料不到的高温。今年的考生也是上天入地般的感觉。分数刚刚公布时，几乎所有的人都觉得自己的考分是比较满意的，对比前五年的录取分数，感觉第一志愿离自己越来越近了。可是高兴劲儿没过，知道同学们和其他人的分数后，一丝不安便挂在了脸上，似乎今年的考分都不低！两天后，就陆续的有内部消息传来，今年高考分数上600分的北京市6000左右！女儿听到这样的消息，那份不安和担忧就写在了脸上。直到听说是理科排名600分以上在6000人时才松了口气。但是紧接着就得到消息文科600分以上的也有几百人，而且几所重点院校的提档线都会高于历年来的历史纪录。这样讲，相对于今年的录取分数，也许近五年的历史参考和两次模拟考试的结果都不具备参考价值，那个志愿的填报应该大概在总分下降30分左右为限……

也许，那个第一志愿就会成为一个梦！虽然过去五年里那个第一志愿的提档线都没有超过570分，虽然我们的分数超过了那个历史最高，但是今年的现实却是如此的残酷。更加残酷的是，如果第一志愿不能够上，一本的第二志愿也不见得能上。因为一般院校都会在满足第一志愿的情况下考虑第二志愿，虽然第二志愿我们报的大学历年来都接收第二志愿的高分生，虽然我们满足那个"高出录取线50分，英语单科成绩高于105分，口试在4分以上"的条件，我们依然不知道是否能如愿以偿。那么，等待我们的很有可能是落入二本第一志愿的大学，这也是最坏的结果了。当初填报志愿的时候就是这么想的，没想到，最后如果真的以高出一本分数近60分的成绩，高出二本线100分的结果落入二本，再不甘心却也无可奈何！先报志愿后考试的所有弊端我们都遇到了。女儿发出了人生不如意十有八九的感叹。

至此，高考已经快将我们推向了一个自己可以预期却不愿接受的一个结果，可不愿接受又能怎样？我们只能等待。等待那个最后的判决。

还有十天会有最后的结果，某种意义上来讲，志愿报的不好，多考100分和少考100分也许一样。但是在我的心里那个结果不如这个分数更重要。尽人事，听天命，以己所能做到最好就是成功。虽然结果不尽如人意，女儿努力了，做到了她所能及的一切，足以欣慰。

家有考生的过程，这一段，我们经历了尴尬！

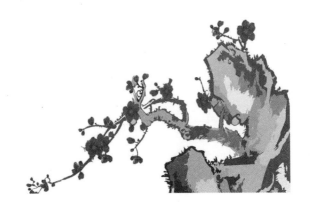

家有考生（四）

家有考生！

尘埃落定！

终于，带着大红喜字的快递鸿雁传书，录取通知书到了！顺利进入一本二志愿的大学！女儿十几年苦读的结果，接下来四年的归宿有了着落。完美是因为有缺憾，无暇的可贵是因为有瑕疵，这个结果无论如何应该叫完美！

想来人生的每一次经历都是这样，其实结果几乎每个人都看得到，但是过程却又充满着诱惑和变数，所以人们乐此不疲的追寻着所谓的可知与未知，关键是每个过程是不是会给你带来兴奋点，是不是可以激起你的兴趣全力以赴的投入去做。安于且踏实的经历就是我们的命！

高考终于结束了！女儿长出了一口气，我们也欣慰的通告亲属和朋友，并以满足和理所当然的心态接受来自各方的恭贺与祝福，享受那份分享的幸福与快乐，享受因着高考而备受关注的亲情与友情！

像是一场战役，终于结束时，好像没有太多的语言可以描述。更不愿去想那四年以后的事，一次考试结束了，还会有另外的考试；一次看得见的全国范围内的考试结束了，还有那些看不见的无处不在的考试在等着我们；等待考试是挑战，迎接考试是勇气，自我的考试是一生永远伴随着我们且如影随形的。

女儿，愿你的每一次考试都能够像高考一样做到完美！尽己所能做到最好，快乐享受过程。这也许就是你生命存在我们对你最终的期待和祝福。还是那句话：一群什么样的人，一个怎样的环境在等待着你开始下一步人生的辉煌。尽人事，听天命。注定的路要靠你自己去走，留下什么样的脚印你才无怨无悔?!

花开了，我闻花香，而你还要接受几次花开花落？而每一次的绽放又要经历怎样的努力才能够硕果累累。扶上马，送一程，走自己的路吧，人生从这里才刚刚开始，你从此可以以自己为主角走上你的舞台，唱一出属于你的大戏，扮演什么样的角色，一切由你！我们坐在台下，观其精彩……

家有考生，尘埃落定！

20

放　假　了

放假了！上大一的姐姐和读小一的弟弟，我的孩子们回家了！家里多了欢声笑语，也多了激烈辩论，还多了很多很多……

起初，我本想让孩子们一起回老人那里，姐姐带着弟弟，单独坐火车回去，既锻炼姐姐的独立性和责任心，又培养弟弟的团队精神。但因为种种原因还是决定让他们单独在家里待几天。于是，有了下面的故事——姐姐和弟弟一天的经历。

姐姐长大了，弟弟还在成长。长大了的姐姐和尚待长大的弟弟，禅机四溢，针锋相对，狡黠诡辩的一天。

哈哈，我的一双儿女……

［女儿］

今天我跟弟弟在家，跟他说得最多的一句话是"你是跟我讨论还是吵架"。

记得第一次跟弟弟说这句话时弟弟问我是什么意思，我跟他说："你跟我吵架就是我不听你的意见，你也不听我的意见；讨论就是你说你的看法，我说我的看法。"五岁的孩子，似懂非懂。

从一大早，我们俩就坐在桌子边，讨论这一天的计划。早上干什么，中午干什么，下午干什么……一项一项我们都通过了讨论，很有些立案的样子。他答应做好他分内的事，而我，作为交换，也会做到我分内的事，顺便给他时间让他玩。"你做了你该做的，我就会做我该做的"也是我们两个常说的一句话。但是，总会出现一些突发事件打扰我们的计划，这时，我们又会讨论，直到出结果为止。我喜欢跟他讨论，看着他跟我认真分辩。

就好比今天快到吃午饭的时候，他还有一道题没有做完。那道题确实有些难，但依着他的聪明劲儿在平时一定是没有问题的，今天是因为耽误了看电视的时间，所以有些慌张。在我的再三引导下，他还是想不太出来，至此，我的耐性也快被磨蚀殆尽。正在此时，他竟哭了，一边哭一边委屈地说他不明白我什么意思。看着他那样，我也有点慌了，只想快点别让他哭，可是转念又一想，心里有了主意。我故意笑了出来，还说了一句："你现在是在跟我耍赖了！"喜子本是极要面子的，他立刻就喊了出来："谁耍赖了？"我就趁机说了一句："你是要跟我吵架、讨论，还是就这样耍赖啊？"其实我的心里也七上八下的，这几句话完全是谝出来的。没承想喜子竟然一抹眼泪，底气十足地冲我喊："讨论！！"五岁的孩子，竟然懂了。借着这个机会，我也终于给他讲明白了习题。

中午，本来说好要睡觉的，没想到他在床上装睡，他起来后我已经是憋了一肚子的火。我冷冷地问他："为什么没睡？"他竟然还理直气壮地顶了回来："我反正已经干了自己的事了。"这对于我，无异于火上浇油。我气得说不出话来，于是我不理他。喜子在四周晃悠了一会儿，突然指着表大声地提醒我三点了！（中午睡觉前我答应他睡醒后带他出去）我不理他，他就更大声地引起我的注意，我终于没有忍住。我拒绝了他，理由是他没有做到他应该做的。可是他却开始指责我反悔，为了正名，我向他询问原因。他回答得理直气壮："你只说睡醒了啊，没说让我睡着了啊！"我愣了一下，实在是没想到一个五岁的小屁孩儿会跟我玩文字游戏。我反问他："睡觉有不闭眼睛的吗？"他还回答得有模有样："我闭了好几分钟呢！"此时，我的愤怒都化成了深深的无力感，我只好说了句："那你就当我反悔好了！"（惭愧啊，被一个孩子逼到只能耍赖的地步）我让他去干他该干的事，以便我就在想怎样跟他说这件事。不一会儿，机会就来了。他主动找到我，说要跟我讨论刚才的事，我向他坦诚了自己的错误，之后引导他进行换位思考。其中有一段很经典的对话：

我："如果你是我，带着一个很小的妹妹在家，你会把一天的计划都跟她商量吗？"

喜子："不会。"

我："为什么呢？"

喜子："因为她不懂。"

我："那你觉得我为什么会告诉你呢？"

喜子："因为我聪明呗！"

如果不是在这种情形下，我真的很想竖起大拇指夸他聪明，也许是太聪明了！

这次讨论的结果是：他主动给我写了一封道歉信，内容是这样的。"姐姐，这都是我的错，你别觉得是你的错。"我莞尔一笑，一场风波平息。

我们的讨论仍在继续……

［妈妈按］也许，这样的讨论会伴随他们一生……

压　岁

　　压岁，压岁，将岁月压住，压住以往的不快和不顺，迎来新的喜兴顺利的一年。也许，压岁钱的来历也应该是如此吧！

　　从小，我们就会在中国人的传统节日——春节时得到压岁钱，是大年三十零点一过，孩子们给老人拜年时得到的奖赏。那时家里都没钱，不过是几角钱，能够得到一元、几元的就是大数了。而那时的钱以角为单位记，所以无论得到多少孩子们都会兴高采烈的。其实那时也没有什么可以买的，物质的极其匮乏使得金钱在当时也没有那么大的威力和吸引力，倒是那份热闹和幸福却久久的留在心底！如今经济发达了，人们有钱了，物质世界越来越丰富了，金钱的作用别说大人，就是孩子们也都会算计了。于是，压岁钱的作用和性质变得不知道是什么滋味了……

　　还记得小时候过年，到大年初一的早晨，人们不顾三十守岁熬夜的困顿，一大早就会挨家挨户的去拜年，首先会去有老人的家里，鞠个躬，问个好，祝老人身体健康，老人们也高兴地看着邻家的孩子每年在长大。更有那离开家里求学和工作的，一年到头了，也看着变化。似乎每年的这一天，那个大院儿（过去每个单位都会有一个家属区）就变成了一个大家庭，彼此鞠躬或抱拳祝福新年，久不见面的也会因为这个年碰到，那份人情至今想起都会怀念。楼房越来越高了，居住条件越来越好了，人与人之间却不再来往了。邻里之间见面，有时是儿童相见不相识，莫问客从何处来。那个年代，那份朴素的温暖……

　　几年没有回爸妈那里过年了，今年因为发生了一点儿意外，因祸得福的全家人团聚了，于是压岁钱也翻了番的水涨船高。五岁的儿子拿着压岁钱数着，因为钱太新而拿不住，竟然几次掉在了地上。一家人看着都开怀大笑，孩子嘛，过年了，就是因为有天真无邪的孩子才显得有生气和活力，一家子其乐融融。看着孩子的表现，我当时没说什么，心里却觉得不是滋味……

第二天早晨是大年初一，以我们的家规，梳洗穿戴整齐后，孩子们要给爸妈拜年。这个拜年的仪式很老式，但是这是我们家的规矩，那就是要下跪磕头，行跪拜礼。女儿从三岁起就开始了这样的规矩，不是为了所谓的传统，也不是刻意的古板，只是我觉得让这个仪式隆重一点，在孩子和我们的心中都成为一种受重视的事情，不至于将它流于形式。更重要的，每年的第一天孩子这一跪，表示他要感谢父母一年来对他的养育之恩，这是一种感恩和回报！同时这一跪，让父母在接受感恩的同时，知道新的一年开始了，对孩子新的不可推卸的责任又要开始了。它沉甸甸的！女儿这一跪，就跪了十三年，一直跪到她的十六岁。每一年初一的第一天早晨，她都会在梳洗完毕后，毕恭毕敬的跪下来给父母拜年，并且说感谢爸爸妈妈一年来的教诲，还会在这一天将去年一年的成绩和缺点简单的叙述一下，新年的计划和想法定下来。然后我们会将我们对她的希望说出来，递上压岁钱，于是，仪式完毕。记得有几年，每一次孩子跪下来拜年的时候，爸爸都忍不住流泪，甚至走开。既是感慨一年来孩子长大的不易，又是欣喜于孩子的懂事和希望……总之，这样的交流成为了我们生活中必需的也是极好的沟通感情的方式。女儿十六岁那年，我们让她大概跪了一个小时，原因是那年她要领身份证了！成人了！于是，这个十三年的跪拜礼就要结束了。我跟她说：今年是你最后一次给我们行跪拜礼了，因为你已经长大了！你可以自由的按照自己的方式来表达你的感谢和意向了，今后无论你采用什么样的方式，我们都会尊重你并且接受的。但是你也要记住，有了自由的同时，你要为这个家庭和社会承担责任了。当你可以自己选择的时候，我们不再管制你的时候，也是你承担的开始！于是这之后的几年，女儿改跪拜为拱手九十度鞠躬了，对于她这样的选择，我们欣然接受！但是对于刚刚五岁的儿子来说，也许，他要给我们跪拜一生——因为他是儿子。当然，到了他16岁的时候我们也会让他选择自己的方式。只是今天，他跪到了我们跟前，祝福完后，我说的第一句话却是：不要起来，你回答妈妈一个问题，什么是压岁钱？儿子想了一会儿，小声地说，应该是一种礼物吧?! 我说，对！它是一种礼物。一种祝福你健康成长的礼物！一种让你改掉过去坏毛病，努力养成好习惯的礼物。它不是一般意义上的钱。我对你昨天的行为感到羞耻！儿子不说话了。于是爸爸给他定了规矩：以后不管谁给的压岁钱一律上缴，交给爸爸妈妈，爸爸妈妈会将这笔钱存起来，将来到你能够自行支配的时候归还给你，希望你能够将压岁钱当作一种祝福和要求，而不是可以用来随意消费的意外之财……

也许，这个要求对于五岁的孩子有点儿苛刻；也许，他本就不懂得什么叫金钱，但是，我们要让他懂得这是一份爱和祝福，是超越于金钱之上的无形的东西。也许，很多的道理看似无关紧要，却是冰冻三尺的根基。孩子，你理解这样的良苦用心吗?! 你理解父母这样的压岁情结吗?! 不管怎样，我们必须做我们认为该做的，其他的，让命运去写吧。我们的岁就是这样压过来的。

压岁……

雪 打 灯

　　今天是我国传统节日春节的最后一天——元宵节！本来应该是明月高悬，皓月如镜的，当时早晨起来，看到的是厚厚的白雪，听到的是北风呼啸，响哨子般的裹挟着雪花漫天飘着……正应了那句"正月十五雪打灯"！

　　记得小时候的冬天，北方下雪是与南方的气候最明显的区别的标志。长大后到南方去，才知道我们习以为常的冬天的雪对于南方人来说是一种渴望，因为很多人几年没有见过雪。可现在，北方冬天的雪竟然也成为了我们北方人的一种奢望。过去下雪有时还担心对交通和生活带来不便，而现如今环境的污染和暖冬的现象让北方的雪成为一种恩赐，一种奢望，一种环境好坏的标志。于是，今年的正月十五更加的不一样！

　　望着飘起的漫天的飞雪，与依然花红树绿的南方比起来多了几分变化和清爽。飘雪的冬天站在落地窗前，打开窗户，吸一口凉气，通透的直入心底！于是，有一种冲动，穿得厚厚的，雪红的羽绒服，快到雪地上撒点儿野！加之今天是元宵节，红的灯，雪的白，交相辉映，那景致，给人希望，带来美好。借此大自然的赐予，真的希望又是一个好年景！

　　因为前一天下了一场雨，谁也没想到当晚会转成雪，最奇迹的竟然是到了下午近黄昏的时候，雪停了，虽然还有风，但是圆圆的一轮皓月挂在了天上，地上人们的焰火与之相映，还有城市的万家灯火……

　　天地人和！

长　假

　　假日经济的热潮在这个五一节席卷了整个中国，长假带来的旅游和休闲方式正被越来越多的渐渐富起来的人们所接受。于是，全国上下齐动员，越来越多的城市、乡村、名山大川、江南小镇以及少数民族聚居的地方成为了旅游景点。就连北京这样的大都市随着2008奥运的来临也快变成旅游城市了。今年的旅游数据表明，较往年的假日经济，今年无论在人数上还是在消费上都有成几倍上涨之势。全民旅游休闲的时代真正到来了！

　　因为几年前就开始自驾游，又兼好有旅游的习癖，旅游早就成为了一种生活中的调料，有心情的时候，紧张的时候，想静一静放下点什么的时候都会拎包就走——旅游心情！而且全国大部分地区都已经走得差不多了。于是，今年的五一节在家休闲——意即闲适的休息。

　　孩子们平常寄宿，一周才回来一次，虽说每周都会见面，但是要有一连七天都在家的时间也不多（除了假期），所以就索性规律的生活。早晨起床锻炼，跑一圈，练练基本功，打打羽毛球，有时还带着篮球或者足球，到小花园一起晨练。看到锻炼的老人，刚刚学会蹒跚走路的孩子，还有那些带着孩子玩的大人们，在初夏的晨光里，享受大自然带来的气息，还有满眼满心的绿色，五颜六色的花朵。小区的静与人们脸上的笑，和谐的氛围，最开心的是喜子的发号施令。每天早晨他会领队带我们做操，做那些在学校老师那里学来的各种操，还不时地纠正我们的动作，引得晨练的人跟我们一起做操，还夸奖喜子能干。每到此时，爸爸的脸上挂满了幸福和得意的笑，那份满足和知乐只有身临其境才感受得到。我呢，也顺便拿出我的看家本事来卖弄一下，教教孩子们怎样弯腰，怎样压腿，怎样踢腿和练习身体的柔韧性。毕竟四十的人了，腰力明显的不如腿功，还可以踢腿，劈叉，但是腰却不能再弯下去了。岁月不饶人呢！还是很幸福，因为教孩子们自己也顺便练练久违的基本功，回味一下年轻时的活力⋯⋯

当太阳开始肆无忌惮的普照大地的时候，我们便回到家里。回家前还会在楼下集体看看喜子半个月前和爸爸一起种在楼下花园里的红小豆，观察一下它的成长情况，看长出了几片叶子，什么形状的，长出了几棵小苗，这些情况喜子要写日记记录的，也是老师留的作业之一。早餐一连三天，我为孩子们做藕粉。不幸的是，第一天放了点儿蜂蜜，又是用冷水溶化的藕粉，结果是喝了几碗藕水。不甘心，第二天，不加蜂蜜，可还是不行，这回是藕汤。儿子说，妈妈，应该是粘的，有点儿油漆味的（哈哈，他不知道怎样形容那个味儿，就说是油漆味儿）。于是，自然的，第三天还是藕粉，这回用开水冲调，并上火去煮。让儿子看着，那藕粉从白色渐渐变成咖啡色，最后变成黏稠状的有点儿透明的枣红色。吃着这样的藕粉，儿子说："妈妈，就是这样的，这回终于成功了！"然后他的日记里就有了一篇这样的文字《煮藕粉》！

吃完早餐，孩子们学习，我看书或上网，老公看着儿子学习并准备中餐。不时地传来喜子做错题后的呵斥声，提问问题的声音，还有喜子朗读课文和背诵的童音。因为让儿子写字、认字也练字，也因为我喜欢写字，于是这个假期成了书法假期。各种硬笔字帖摆满了书桌。儿子写字，我和女儿就在一旁练字并交流心得，爸爸时不时的插空过来看看，有时也练上几笔。其实，一种习惯的养成就是日常行为的潜移默化。几天下来，其乐融融的节日很快就到了尾声。女儿开始准备夏装，将衣柜里的衣服分类的拿出来搭配，并且准备带到学校的衣服。其间不时臭美地将一件件自己得意的衣服穿出来让我们看，俨然服装模特一样地炫耀着自己的青春和身材，于是爸爸就会借题发挥的贬斥妈妈的体型如何的不尽如人意。看着女儿的样子，仿佛看到了自己年轻的时候，再一次感叹岁月不饶人，青春易逝年华如水。每年的这个时候，都是将冬装收拾好，将夏装拿出来，准备一年最热也是最简单的季节的到来。同时因为有了儿子，每年都要有一些衣服因为长高了不能穿了，要拿出来，再去为他采购新一年的夏装，明确地知道他又长高了！裤子短了，衣服缩了，鞋子小了，爸爸妈妈笑了……

　　长假，就是一家人一起围坐在餐桌旁品尝着父母做的饭菜谈天说地的闲聊，就是每天早起的晨练，就是拿一本书静静的品读，就是一起畅谈书法的乐趣，就是晚上一起对着电视看节目，一起评论或发表自己的看法，就是在平凡的生活中享受生活的乐趣，就是菜市场的一斤菜，一种水果或者一块肉……

爱子，我的命（一）

不得不生下你，
你和我心心相通已十月，
不得已上手术台，
你一定要以这样的方式走来。

为了不能够顺产，
为了延期的出生，
为了一个"巨大儿"的诊断，
一生中第一次与手术刀亲密接触。

备皮——麻醉——输液，
心悸——恐慌——内疚，
还有手术室外那一双，
噙着泪布满血丝的眼。

冰凉的手术刀划在皮上，
疼在心里，
喋喋的无语伦次，
谁知内心的翻江倒海。

被撕裂着的痛苦，

比不过你的那一声啼哭，
男孩——4.1千克，
被拽出的那一刻——心空了。

决堤的泪水流出，
看到你的第一眼，
我的儿子眼睛会说话，
所有的故事和不易随泪释然。

三十四岁，
生下了我的爱子，
我的爱子取名叫喜子，
喜庆的儿子带来了欢欣的日子。

手术车上赤裸躺着的，
多了一条刚诞生的小龙，
仰天望着天花板，
推出来那板上是老公的脸。

那一刻，
真想不顾一切大声嚎啕，
虽然他一再按着鼻子，
幸福的泪水却早已涌泄心底。

抱上病床贴身附耳的那一刻，
给妈妈打个电话吧，
这一刻，
想起了母亲——女人的轮回。

五天后的中午十二点，
老公准时将这个新主人带回家，
妈妈为讨吉利，
在门把手上系上了红丝带——喜子来了。

爱子，我的命（二）

盼望着，盼望着，
春天来了，
春天的小草绿了，
新的生命带来了生机。

一晃六年喜子已戴红领巾了，
六周岁生日时，班上夺魁
是他给父母也是给自己的
——最好的礼物。

小小少年，
很少烦恼，
眼望四周阳光照，
你的阳光照亮了四周。

爱不够疼不够，
一切都还来不及，
你就匆匆的长大了，
初谙世事的你让我爱得有忌。

爱而有度视为教，

疼而适可视为导，
温室里开不出怒放的花，
跌倒方知站起来更高。

让我怎样才是，
容我如何是好，
喜怒哀乐之未发谓之中，
发而皆中节谓之和。

我的命，
当以中和视之，
我的爱子，
当以我命育之。

不如此，无以知命，
不如此，无以对天，
天命谓性，
率性谓道。

勇敢的男子汉

周末了，喜子要回家了！

工作的原因，已经连着两个多星期没有见到儿子了。将五岁的他送到寄宿式学校已经下了很大的决心，到了周末又看不到孩子，打电话时不知是孩子长大了还是寄宿式学校的影响，喜子在沉默，沉默时会流泪，然后从爸爸的口中得知他想妈妈，还不好意思直接说，心痛！也欣慰，儿子大了，懂事了！激动而急迫的心情等待孩子回家。

当我走向约好的地点等待老公接孩子来的路上，看到了一个卖古董的人，正凑上去看着，有一个小孩挤着撞到我的怀里，正疑惑间，看到老公，再定睛一看，撞到怀里的不是别人，正是朝思暮想的儿子——喜子。惊喜之余，将儿子紧紧地抱在怀里，小脏猪一样的穿着校服的儿子一脸的茫然，"妈妈，我还没认出来你，你带着眼镜有点儿帅"……

老公的第一件事是扬起手中的一个塑料文件袋，里面有一张奖状：×××同学：被评为勇敢的男子汉！儿子的第一张奖状，在他开学正式成为一名小学生的20天后！

接连两个星期，家长联系本上老师的评语都写满了鼓励和奖励：本周喜子是最棒的，喜子的表现在本周依然是最棒的……这让我们很是幸福！

喜子当上了班里的学习委员和科学课代表。老师夸他是班里最聪明的孩子。从第一天寄宿就起得最早，自理能力很强。刷牙洗脸都是第一个。年龄最小还管事最多，经常上课为老师维持秩序，帮助老师管那些同学，把嗓子都喊哑了。这倒是有点儿我的遗传，我小的时候经常会这样。哈哈……

回到家里写作业正经八百的，可爱！几套校服回来就像在什么地方涂鸦了，还会告诉我们他的小哥们儿和同学的关系。上星期回来说老师问谁喜欢他，没有一个人举手。他说他想哭；这星期老师问谁想打他一顿，举手的全是女生，哈哈哈。我问为什么，他竟然小眼一眨说：他们喜欢我呗！

喜子！儿子，小鬼灵精……

生活着，经历着，做着事，讲着故事，喜怒哀乐、嬉笑怒骂，无知无畏的初生牛犊开始自己的事和即将的故事……

突然想起前几天与一位朋友聊天时说的话：活着就是活着，只要活着就知道人为什么活着……

周日——难得的天伦

——光棍节的祈盼

因着工作的关系，难得周末在家。孩子们住校，也只有周末才回家，于是周末我在家的日子便是一家四口团聚的日子。也许再过几年，这样的相聚也是难得的了。孩子们越来越大，学校的社会的，各种各样的活动会安排得让我们的团聚成为难得的天伦。现在的社会和家庭结构，一家最多也就三口人，在一起的时间也是聚少离多，而能够简单生活着的却也是凤毛麟角。于是，这个周末就变成难得的简单生活！

一大早，儿子和我一起准备简单的早餐。昨天买了奶和点心，烧了一壶开水，叫着女儿，沏杯咖啡，伴着奶香一起进餐。

十点，上一年级的儿子开始写作业。下周期中考试，本周就要好好复习了。家长联系册上老师也强调不要带孩子外出，复习什么。女儿忙着在电脑上整理她的英语 mp3，还要为剧社写入社以来第一个剧本。老公走进厨房开始整理冰箱和准备做午餐的东西。我吗，开始享受路由器带来的便利，将很久未用的旅行桌拿出来，铺上格子台布，放在落地窗的前面，打开电脑开始工作。北方冬日的暖阳照进来，透过镶有金丝图案的窗纱，暖暖的，品一口咖啡，看小儿子认真的做作业，家里满满的洋溢着幸福的味道，像一幅画，一幅不能用言语和图画表现的朴实的幸福……

抬起头，透过窗，看到小区里宁静的停着的汽车，还有一两个走过的匆忙的人，静得好像没有人住。周末了，大家都出去度假了，家里都没有人。留下的，大都慵懒的享受冬日的阳光，忙碌的生活难得一闲的静！我也更加难得的享受这一刻的静！

时间真的过得太快，一眨眼，就是冬日了。就到了年底了。想想女儿的高考，恍如隔世，却是几个月前的事。短短的几个月，一切就变得那么顺其自然了。想来没有什么是不可以忘却和遗失的，哪怕经历时是那样的刻骨铭心。而那些困扰着我们的不得不想的问题也随着时间的流逝变得轻如鸿毛了。儿子无意中就成了小学生，还入了少先队。戴着红领巾出现在爸爸面前的那一刻，爸爸激动得眼泪都要流出来了。虽然近几周因纪律问题一再被提及，但是少见的聪明还是让我们很幸福，虽然太好动成为了他的特征，我们也一再的告诫和训导，但这些也是成长过程的烦恼和喜悦，一天天流露出智慧的眼神让我们幸福。女儿在大学的第一次亮相——做竞赛的主持和评委着实让她秀了一把，更难得的是她几乎在这样一个过程里完成了一个女孩子的蝉变。穿着妈妈提供的主持人的金丝绒旗袍裙和唐装，在镜子面前美得以无以言表的语言说：妈妈，没想到我会这么美！做女人太幸福了，中国的服装太美了。于是我期待着她能够有一个剧本，写《蝶变》……老公呢？他用最简单和纯朴的思路和形象默默地观看着我们"俗着"，欣赏着默契着我和孩子们的一幕幕，也固执着他的行为准则纠正和影响着我们的方式和行为。他无为，我却无所不为！

生活，这样的生活，我选择，我幸福；我承担，我享受；我们努力并快乐的享受生活赐予的一切……恰逢今天光棍节，愿天下所有的光棍明年都这样过！

阳光暖得让我陶醉，陶醉于这一刻……

落 井 下 石

　　"落井下石"这个成语是这样解释的：看见人要掉进陷阱里，不伸手救他，反而推他下去，又扔下石头。比喻乘人有危难时加以陷害。

　　一天，儿子问爸爸：落井下石是什么意思？

　　爸爸很自然地告诉儿子：一个人看见别人掉进井里了，非但不去救他，反而扔石头砸他。儿子听后坚定地说：我不这样想！

　　爸爸反问他：那你是怎么想的？

　　儿子说：我会躲着那些石头不让他们砸着我，石头扔多了，水面越来越高，我反而得救了……

　　爸爸无语……却在心里不得不说：儿子真是聪明！

　　闲聊的时候，爸爸将这段对话讲给我听，既感慨，又炫耀。

　　于是，我写了《落井下石》的标题，一定要记下这样的文字，既是对儿子成长过程的点滴记录，又是一种反思和感慨。儿子不到七岁，上小学二年级，他能够对自己不懂的词汇提问，还会对具有权威的答案表示怀疑并提出自己的理解，最重要的，这个理解的答案是站在事物的对立面的。凡事有利有弊，这样的思考扭转了这个成语的所有含义，甚至在道德和行为层面变成了救人于危难之中。不管孩子是否有意识，或者他受了他所读的《伊索寓言》中小鸭喝水的影响，至少潜意识里说明他的善良和思辨的能力！是啊，为什么我们不把那石头看成是救人的工具呢?！为什么我们不能够利用这害人的石头求生呢?！

　　事物都有两面性，转危为安和一切皆有可能，关键在于我们是否思考、如何思考，怎么样让思考变成智慧，让智慧知行合一的使事物

40

的发展变得有利于我们。变坏事为好事，变不利为有利。只在一念间
——难得一念！

学习是为了得到知识，对知识的把握要靠自身的思考和运用，这样的学习才有效。要用自身的感受去思考，并且敢于批判和提出疑问，才会有创新和智慧。

儿子太聪明，不是先天的，是因为他知道怎样运用自己的聪明去思考使自己变成一个智慧的人。是因为他在学习的过程中用自己的头脑和心在感悟着一切。愿儿子一生都这样思考并实践的学习，这样的过程叫尊重生命！

愿我们有同孩子一样的心智去感悟那个在我们心里已经极其复杂的世界，走向由简单到复杂，再由复杂到简单的绝圣弃智的过程……

孩子是我们一生的老师，意犹未尽……

最好的礼物

喜子六周岁生日，在学校度过。午餐的时候，学校会在大喇叭里广播当天过生日的同学的名单，祝他们生日快乐！儿子也享受到了，同时还有五年级的大哥哥姐姐们为他祝贺，他很高兴！最重要的，儿子为自己的生日送了一份我们眼里最珍贵的礼物……

周五坐班车回家，爸爸、妈妈和姐姐一起到班车站接他，还特意的准备了两只写着"Happy Birthday"的气球。还没下班车，喜子就以少有的精神喊爸爸妈妈姐姐，老师也说：这第一名就是不一样，三个人来接。搞得我们一头雾水。等到喜子下了车我们才发现，喜子不仅戴着"一道杠"，而且这次期中考试还拿了个全班第一名！数学和英语都是满分100，语文考了97分，还得了一张红色的喜报。爸爸听了这个消息，乐得嘴都合不上了，这对他来讲无疑是最好的消息了！这消息也像强心剂，让本来就兴奋的我们更加喜形于色，也给今天喜子补过的生日增添了一层更加喜庆和不同寻常的欢乐的气氛。

喜子，棒棒的小男子汉，你用自己的行动给自己的生日和成长送了一份最好的礼物！也给了爸爸妈妈姐姐对你爱的最好的回报！我们爱你！

喜子提前上学，这让我们在短短的不到一年的时间里尝尽了酸甜苦辣。今天回来说表现不错，生活自理方面很好，被评为勇敢的男子汉！明天回来时家长联系本上就说自律能力差，上着课他能从座位上走出来到讲台上转一圈，老师问他干嘛，他说没事，闹得老师哭笑不得……因为个子矮，他不得不经常跪在椅子上，不然够不到课桌。上

42

课学习倒是没有什么问题，但是爱发言也成了问题。老师不叫他的时候他就会撅起小嘴表示抗议，甚至冲老师撒娇。因为背诵《三字经》，老师让他当小老师，每天早读的时候带领同学们一起学习，他又表现出了一些强硬和霸道。红领巾今天找不着了，明天又出现了，戴了不到半年，角也毛了，布也黑了，无奈又买一条新的，没几天，旧的借给同学戴，让同学丢了，自己的新红领巾没几天也找不着了。唉！无奈。因为看电视剧《亮剑》，跟体育老师开玩笑，管一个年龄不大的女老师叫"老赵"（那个剧中的赵政委）……在寝室里，每周导育老师都会在墙上的花名册上为孩子们一周的表现贴一些小卡通的东西以表示一周的表现，喜子常常都是小哭脸儿，原因很简单，不爱睡觉，还经常跟同学扔小熊玩儿，于是，他的小熊经常都是老师在保管。周末回家，学习成了我们周末的必修课。握笔的姿势，学习的方法，留的作业，一星期五支铅笔用的都成了秃子，还有读书笔记，课外训练……不知道是他上学还是我们上学。边玩边做，再加上我们给他学的一些课外的东西，每周两天都搭上了，什么也干不了。真费劲啊！他倒是乐在其中，快乐无比，哈哈哈……快乐的童年！

男孩子，经常挂在嘴边的一句话就是"为什么"。而且特别有自己的主意，就是认为你说得对，他照办也要用他自己的方式，还经常说为什么要听你的?！不容置疑的口吻好像他能够主宰什么！比起那个现在已经上大学的事事听话的姐姐来，真是不同。有时气极了，你又辩不过他时，我就会说，如果姐姐不是那么听话，就没有你了！

一个调皮的孩子，一个聪明的孩子，一个有自己主见的渐渐长大的孩子。一年来的学校生活培养了他最基本的遵守纪律的概念，有了群体意识，有了竞争意识，学会了不断的认识错误和改正错误。学校的老师都喜欢他，人气极旺。小小的年纪经历了几次疾病，不在父母身边，自己处理和扛着，表现得很坚强。

家里书房的门框上，有很多的铅笔印，那是爸爸为孩子们量身高的地方。每年的生日那天，爸爸都会在那里为孩子们量身高并且用铅笔和尺子画出一道道的线，画完了，在旁边写下日期和高度。记录着每年的身高和长高的尺寸，也记录着孩子们一年年的成长……

喜子，无论什么状态下的你都给我们带来快乐，带来希望，带来幸福！祝愿你明年给自己更多的礼物，给自己的努力更多的回报，这些都将成为你一生最珍贵的财富，我们为你珍藏，你也应该珍惜。珍惜你的每一天，每一份快乐，尤其是自己创造的……

[后记] 说到一道杠，做妈妈的要检讨一下。其实儿子早就戴了一道杠（少先队员的组织中用来表示小队长的标志），是班里第一批评出来的，而且老师还很有心的让所有的戴一道杠的同学戴着红领巾和一道杠，叉着腰照了相以示留念。那周回来时儿子就很兴奋，也很自豪。我也很是高兴准备写一点东西纪念一下。但是因为自己的懒惰想过几天再写，没想到好景不长，第二周回来时因为表现不好一道杠被老师没收了。因此当周的读书日记里就出现了一篇日记《一道杠》，喜子主动写了这样一篇日记，记录了自己一道杠的得失过程，并且表示了难过的心情，觉得对不起老师。最后表示不仅要通过自己的努力再次拿回一道杠，还要争取带三道杠。生日的那天，这小子真的夺回来了。好样的！

小 屁 孩 儿

班车到了，老远就看到小屁孩儿的脸，张望着看谁来接他。我也很紧张，因为那张小脸儿的表情会告诉我他期末考试的成绩！下车了，喊过姐姐和妈妈，跟老师告了别：

"怎么样？——考试"我和姐姐异口同声地问。

"全班第二名！"他头也没抬很不在意地说。

"第一名呢？"

"差了0.5分。"

"我儿子真棒！但是咱们是男子汉，也不能老跟在女孩子的屁股后面跑啊。下次让她跟着咱们跑好吗?!""嗯。"还是淡淡的。我高兴的拉着他的手，攥得紧紧的。一旁的姐姐假装吃醋的表情按捺着得意的神情跟着一起上了车，然后一起坐在副驾驶坐椅上抱着弟弟。

压抑不住的兴奋！给朋友打电话告诉这个好消息，分享幸福。那边的电话传来的语言就很亲昵了：这个臭小子，错不了！替我咬他一口……然后让儿子给爸爸打电话，而爸爸的反应却是无语凝噎，激动得眼泪夺眶，哽咽了！姐姐想起：给姥姥姥爷打电话，让他们高兴一下。（前两天还打电话问喜子放假了吗？一来很久没见想得慌，二来知道我们都忙，怕孩子没有人照顾，想接回去。老人的心啊！）喜子马上给他们拨通了电话，姥姥姥爷高兴得不得了，直说：孩子好，比什么都好！

啊！幸福啊！忘形的我买完东西忘了找钱就走，人家追着我才知道忘记了。这叫得意忘形——我多么希望这样的忘形跟着我一辈子啊！

也许，很多人也会不可理解的觉得太夸张了吧，不就是一次期末考试嘛，至于吗？但是对于我来讲，这个结果非比寻常。今年喜子就要上三年级了，这是一次升级考试。在我的意识里，小学一、二年级是培养学习习惯和兴趣的阶段，是孩子从童年走向少年的一个初级阶段，而三年级才是真正为明确学习目标和态度，开始打基础的主动学习，所以进入三年级要有一个好的高起点。二年级一年，我们的家教采取了放松管理的方式，希望他养成主动学习的习惯，知道学习是自己的事，要自己管理和独立完成，要学会计划和实施。所以基本上是不管他的学习，偶尔过问，希望他是最真实的状态反映学习情况和成绩，期中考试不太理想，同时纪律、学习和生活方面也有所下降。在这个学期的某些时段里，我跟朋友们说得最多的一句话是：我生了一个敌人！这也是今年我跟女儿就儿子的问题的一致看法。我们经常无奈的异口同声地说一句话：他为什么就是不听话？？？男孩子真难养。于是跟老师谈起或者家长联系本上会有很多"不知道为什么""十年树木，百年育人，要耐心等待"等等的话语。除了跟老师交流以外还是一种互相的鼓励和安慰吧。于是，我思考，观察，不断地去认识和了解自己的儿子。并且跟女儿同时期的成长状况相片对照，找书本，看实例。当我看完《孩子，你为什么不听话》那本书的时候，在我的脑子里徘徊的问题却一直是《爸爸妈妈，我为什么要听话》！我也在不断的思考：从中国传统模式或者百业孝为先的前提讲，孩子应该尊师重教，听从父母之命，但是从他作为一个生命的独立个体上来讲，他有思考的权利和提出异议的资格。只要不是违背大的原则和礼数他就没有错。只是有不同的想法和尊重自己的意愿行事而已，他为什么一定要听大人的话。言听计从——从某种意义上来讲，这是扼杀个性和创造性。所以，本学年对于我来讲也是一个考验。我可以放纵他的想法和行为，但是基本的行为规范和学习的标准还是要有的。所以，有了关于共性和个性的思考，普遍性和特殊性的思辨。于是，我跟儿子经常会谈起的话题就是什么是个性？那个必须建立在共性的基础之上的才叫做个性。简而言之，如果不知道一道数学题最基本的解法，就不可能有无数的不同的解法。只有在了解了他的基本的问题后，再思考，再加工，才会有更多的建立在基础之上的不同，这就是彰显个性……诸如此类的不计其数的讨论和思辨，让我慢慢地了解着儿子，也寻求着跟他共同成长的方法。直到要考试了，我的心也提到了嗓子眼儿，看今年的成果如何，这是一把尺子。有一些过程中的考验也在这次考试中要得到验证了。于是，临考试那个星期送班车之前，跟儿子有了一段对话。我讲了关于学制的安排，讲了姐姐在各个阶段的成绩和表现（因为喜子本周回来时提到了六年级有个大姐姐获得了北京市三好学生的荣誉，很羡慕很崇拜的样子），讲了姐姐是两届北京市三好学生的荣誉获得者，希望他以姐姐为荣的同时还要努力比姐姐优秀。最后，我跟儿子说：我的儿子是最棒的！只要你认真一点儿，你一定会考第一名（一年级期中考试时，喜子考了全班第一名，那一天正是他六周岁的生日）！只要你想，你一定能够做到！这样的谈话既是鼓励，又是激励和暗示，同时也是对孩子建立自信心的一个良好的方式。

这个周末，喜子因为要填优秀学生的申请表进行了一次自我认知。而这个过程中喜子做的最重要的一件事就是将姐姐所有的奖状和证书翻出来，坐在地板上仔细地看，不放过每一个字，包括每张奖状的颁发单位。我耐心地给他讲解，一张北京市三好学生的证书是要通过几年的努力才能够得到的。先是班级三好生，再是校级三好生，然后是区级三好生，连续几年得到这样的荣誉才能够具备市级三好生的资格。喜子不断地重复着这个内容，似乎要将这样的内容印刻在心底，并且将那个得奖的顺序很有条理的不断地重复着。在我去书房忙自己的事的时候，他又去看了一遍那些证书……说实在的，那些证书的得来完全是无意的，我从来没有把获得三好学生作为评判和鼓励孩子的一个标准，但是女儿却通过自己的努力得到了那么多的荣誉，而喜子现在如此的在乎这样的荣誉我也感到很欣慰。至少他有荣誉感，也知道努力的目标和方向，同时姐姐在他的心目中正在一步步地成为标杆让他在心里有了明确的榜样。也许，这样的榜样的力量是无穷的！

孩子长大了！懂事了！我的心也欣慰了。给老师发个短信，感谢老师，也祝贺老师，同时让老师的心和我一样有一个踏实的感觉，将伴随一学期的悬着的心暂时放一放。明天，喜子成长中更多的问题和喜悦我们还要共同去面对。孩子是我们的，也是老师的，归根结底是社会的，让我们共同努力吧，为享受生命的改变与成长同甘共苦！

我们的那个小屁孩儿——当我问他：你看，你做了一点儿你自己应该做也很容易做到的事，给那么多爱你的人带来了快乐和幸福，你是不是以后为了这个也得做得更好啊？他却不屑一顾地说：不是。我说那你为什么？他郑重其事地说：为了不跟在女生的屁股后面跑……

小屁孩儿，这是你给爱你的人们最大的礼物！妈妈爱你——无以言表！

感　动

三十一号，喜子学校联欢会暨期末考试家长会！

三十号，北京开始下雪，今年的第二场雪，很大。所以一早便出发，怕路上积雪或交通不便利耽误了。也许还有内心对这件事情的重视和激动吧，于是七点一过就上路了。谁知刚上路，手机刚打开便有电话进来，疑惑着接了电话，是学校的校医打来的，说儿子发烧38度多，在医务室……激动的心情马上增加了一份担忧和焦躁。急急地赶到学校，奔到医务室，看到儿子满脸通红的躺在医务室的小床上，既心疼又担忧，感谢过老师后，却跟儿子说：不怕，小男子汉，起来跟妈妈去洗下脸，然后去演出，再跟妈妈去医院，好吗？儿子二话没说就从床上下来，一边起床一边说：妈妈，×××（他的女同学）也病了。我说在哪儿呢？他指指对面的小床。于是我走过去，摸着那孩子的头对她说：别怕，妈妈马上就来了。临出门，我把床上的被子叠起来，边叠边对儿子说：以后再到这儿来，走的时候一定要把被子叠起来。校医感动地说：从来没有一个家长这样教育过孩子，这样真好！告别了老师，我们回到了喜子的寝室，洗脸换衣服然后来到教室，由副班主任老师为喜子简单的画了一下妆，就参加新年联谊会了。

联谊会上，孩子们展示了他们的才艺，钢琴居多，图画和跆拳道等等，只有喜子班里的节目最好，是集体朗读和舞蹈。这样年龄的孩子还是要让他们多一些体能方面的锻炼和基本的艺术熏陶，以活泼可爱为主。看到儿子演出心里别提多高兴了，只是儿子因发烧难受得一点儿笑脸都没有，但还是大声的朗读着，不甘示弱的样子……

开完家长会出来已经是近十二点了，女儿十二点十分下课，于是我带着儿子去接姐姐。上了车，儿子难受得已经支撑不下去了，说眼睛疼，因为昨天一晚上都没睡觉，难受得哭了一晚上。"昨天几点开始发烧的？"儿子说："晚上。""为什么不喊老师？""老师已经睡觉了，我怕打扰老师……"我感动得不知道说什么好，喜子是如此的懂事，一个五岁的孩子，晚上病得这么厉害，为了不打扰老师就自己忍着，那需要多大的耐力啊！我的好儿子！！！

感动，不仅仅是因为他懂事，更重要的是他能够为别人着想，这是一种品德，一种难得的人格！喜子的这一点我很早就发现，他经常会因为为别人着想而不说出自己的想法。在欣慰的同时又有点担忧，孩子还小，他大可以什么都不想的随心所欲，而人生这样的年龄有几天呢？教育有时就是这样矛盾：既希望他天真纯洁，无所顾忌，又希望他懂礼貌，讲道德。只是无论怎样，只要孩子是发自于内心的，真实的就好。

喜子，你给了妈妈太多的感动，给了周围人太多的感动，人生因这样的感动精彩、丰富，并且感受幸福和回报！

吾家有女初长成

六月七日，又是一年的高考日！

去年的今天，女儿在考场。今年的今天，又是无数个孩子和家长的煎熬日。所幸去年的今天天气很凉爽，似乎还在晚上飘了点儿小雨，而今年的高考日却像今年的高考报名的人数一样，热得出乎意料，恰似人们的心情。

女儿上大学也一年了，再过几天，是她十九岁生日！用她的话说，这是她一生中最后一个十字头的生日了。言语中透露出对十几岁花季时光的留恋。当然，对着爸爸妈妈说这样的话无疑也是在撒娇吧，但也从潜意识里看出不想长大的心思，难怪那首《不想长大》的歌曲那么流行。的确，这样的时光太让人留恋了。

回首一年来女儿走过的路，甚是欣慰，却也感受到了一年来的变化。写一写，记一记，就算是妈妈以对女儿的关心送给她的生日礼物吧——亲爱的女儿，生日快乐！

入学那天是跟妈妈一起来的。在有条不紊的办理完相关的手续后，便来到了位于校本部的宿舍楼，我们赶到的时候，就剩下两个上铺了。一个寝室八个女孩。这里将是女儿未来大学四年的一个"家"，也是她独立人生的起点。

女儿领到了校徽和学生手册，兴奋得马上戴在胸前并用手机拍照。尤其将校徽用两只手从衣服上揪起来的样子别提多自豪了！多希望她一生的所有选择都像这样随遇而安，快乐的接纳并且安于享受现状啊！

军训，是她上大学后的第一件事，两周的军事理论课着实给她上了一堂爱国主义教育课，从国防到军事到民族国家的利益……从她回到家里滔滔不绝的讲述并与爸爸（这个曾经具有军队情结，一生都遗憾没有当兵的男人）一起长篇大论的讨论军事、军备、部队编制以及国防战略发展上不难看出，孩子骨子里的爱国爱家的品格。两周后，扎着绑腿，穿着迷彩服，扛着编织袋，黑得已经认不出来的女兵回家了。虽然很辛苦，但是精神却好得很。回到家里穿着军装亮相，照相，一副英姿飒爽，不爱红妆爱武装的英气。最搞笑的是弟弟，那么小的小屁孩儿，穿上姐姐的迷彩服也敬礼，还背着手，叉开两腿，装模作样的秀一把，惹得我们大笑……

几周后，女儿通过竞选，进入学生会任学习部干事！同时还有当选为班长，并进入社团——剧社任编剧……好事不断，精彩纷呈！再后来跟妈妈滔滔不绝的讲述入学以来的情况时，有一组镜头让我记忆深刻：

镜头一：看到学生会竞选的公告中学习部有组织辩论赛的职责，于是排队三个小时后初试的第一个问题，为什么要进入学生会的答案就是：这是我在高中时期的一个梦想，希望做一场辩论赛，但是一直没能够实践，想在这里得到实现。复试时，老师给每个人发了一张纸条，让大家把自己的名字写上。可结果是她将自己的名字大大的写在了纸条的正中央。而接下来得到的指令却是要在那张纸上答题……自我的、主观的、唯我的抑或是？自负、自我中心?!

镜头二：剧团编剧应试，考官让考生当场口述一个命题故事，限时，要求有剧情。待到女儿讲完了，三个评委竟然在愣了一会儿后问道：完了?! 那期待的神情让她颇为得意。最主要的，出来后有同学说她好像在面试别人而非接受面试!!!

镜头三：学校组织一年一度的最重要的竞赛活动，女儿担任其中一场的主持人兼评委。这让她好不兴奋。回到家里，妈妈将自己以前穿过的相同场合的旗袍和礼服裙等等一股脑儿的拿出来让她试穿，直美得她在镜子前走来走去，像时装模特在走秀。这也是女儿第一次这么臭美的享受作为女孩子穿衣服的乐趣，也是第一次像发现新大陆似的发现自己"其实挺美的"——这让我感觉到她性别成熟的开始，大女孩了。

于是，接下来就是同寝室的女孩子谁打耳洞了，谁又有什么新的变化了，还有一些很小的生活轶事……感觉一个宿舍的女孩子都不错，大家相处得蛮融洽的。最重要的是：大学女生宿舍里没有秘密。这也让我很是欣慰，说明大家都很轻松和坦荡，也一起分享成长过程的酸甜苦辣。同龄人之间的相互教育和感染比说教要来得自然和有力得多——环境造就人。

刚刚上学的时候，每一周回家一次，几乎都是自己坐公交车。正好赶上北京市公交改革，学生一律二折起。办一张 IC 卡，跑遍北京。虽然回家很远，要倒两次车，还要花上一到两个小时的时间，但她还是乐此不疲（六年的所谓贵族学校的生活丝毫没有让她沾染上一丁点儿的奢华之气，可贵！）。偶尔的机会，妈妈如果顺路捎她回来，她就会表现出极幸福的样子，还会及时地向你表达她的幸福和谢意，这让我经常会觉得应该多照顾她一下。有时跟她说起这样的感受时，她会说：不能太奢侈，对自己不能太好了。那副自知和满足的神态真是让我又满足又怜惜——她太懂事了！

到了后半学期，各项活动渐渐少了，自由的时间多了，便感觉她有时会困惑如何安排。于是让她买了一本北京市各主要景点和交通指南。让她周末时不必每周回家，可以约三五好友去游览北京，正好为明年奥运会做准备。同时这个年龄有时间和精力去了解一下自己的首都，自己的城市和家乡，了解它的历史和现状，也是一件很幸福很有意义的事情。说到这儿，最值得一提的是：就在今年高考的第一天，女儿发短信来，过五关斩六将，2008 北京奥运会专业志愿者的名单终于下来了——入选国际联络部 ICO！这是作为北京市教委直属重点大学的待遇，也是当初选择这所大学的考虑之一，更是时代所赐予的重大机遇。当然，这首先是女儿的努力和付出所取得的成果！她同时也是幸运的，国庆五十周年"大庆"时，她作为一名小学生站在了天安门广场，亲历了那个庄严而神圣的时刻。如今中国第一次举办奥运会这样的国际赛事又让她赶上了！

十九岁，花样的年华，不仅是年龄，更重要的是时代的机遇。而作为一个善于独立思考，不断给自己压力和进步的女儿来说无疑是人生真正的花季！十九年的耕耘，你硕果累累！

似水年华，转瞬二十年。碌碌地走过，多少岁月，多少光景，人世沧桑，匆匆而过。只有在孩子身上得到一个最后的评价。人生是考场，经历的种种是考题，而最终的评判，是自己的儿女走向人生后的林林总总！

给孩子一个健康的身体，是生身父母；

给孩子一个健全的心理，是养生父母；

给孩子一个修炼的人格，是再生父母；

让孩子真正快乐而幸福的度过一生，才真正的是为人父母！

谨以此文给我亲爱的女儿——生日快乐！

落花有意，流水传情

　　照例的，每周末送孩子们回学校。其实不只是为了送他们，更希望通过这样的方式为我们的人生留下更多的记忆和美好时光，当然作为妈妈，少不了见缝插针的要叮嘱一周的担心和唠叨，因为一周一聚，免不了有总结和希望的嫌疑，好在这样的方式很灵活，氛围很轻松，也就少了份说教，多了份温馨！可这一周女儿虽然只在家待了一天，看似不经意的闲聊却给了我一份太大的震撼和感动！

　　她告诉我上周的一天有一件事，算是一种经历，但也让她小失望了一下。讲的时候很不经意，而且轻描淡写的。说在校园里见到一个人，想让他们帮自己的朋友的女儿找一个辅导数学的学生。因为撞上了，女儿突然很兴奋的接下了这样的活，想试一试，初衷并不是要挣点儿外快，而是因为高考后，在她整理的所有的书籍中，只留下了数学老师的讲义，觉得这下可派上用场了。可是很快，这份激动和喜悦被马上打过来的电话变成了一种无奈和失落。对方还是想要一个学数学专业的学生做家教。女儿自嘲地说，没什么，小失落一下了。言语中，不仅有失落，同时也有一种感觉，好像妈妈的态度很让她不尽兴，似乎还有话要讲。意识到了这一点，我马上调转话题，问她：你还跟你们高中的数学老师有联系吗？"当然"！语气中感觉她要说的话题终于被妈妈重视并且点燃了。

　　说到这个数学老师，还是要多啰唆两句。女儿高中读的是寄宿学校，到了高三时，整个的师资力量都加强了，虽然是文科班，但是数学老师是一位七十岁出头的退休的老教师，老人精神矍铄，一头银发，短短的，很精神，也透着一股子倔劲儿。一看就是那种很认真很负责任的老师。孩子们都亲切的称他老爷爷、老头儿。这是寄宿学校的特点，师生关系相对很宽松，孩子们不管学习好坏，都会很关爱的有一个友好的氛围，很礼貌也不矢亲近，少了一点儿严厉多了几分轻松。

说到老爷爷，女儿话多了起来，脸上也带着笑靥，美美地说：当然了！今年教师节我还给他打了电话，是他老伴接的，说他出去了，一会儿回来。我就说谢谢她，一会儿再打。没想到老爷爷的老伴倒反过来说谢谢我！于是我后来又打过去，老爷爷可高兴了！我于是问她：你跟他汇报你在学校的成绩和情况了吗？我特别希望她把所有的好消息告诉那些她惦记着的老师，让他们也高兴的分享他们教育的成果！这样的感动让人幸福！女儿说：都说了，老爷爷可高兴了。我就说：你可以邀请他没事的时候到你们学校看看，在学生食堂请老爷爷吃顿饭。女儿好像已经回到了高三时的时光。自言自语地，也是对我说：我之所以想了几次都没有舍得把数学的讲义扔了，就是因为我忘不了那时候当全班同学都不交作业，只有我一个人交时他还是一本正经的判完再发下来。为了给我们更多的练习，一笔一画工整的用正楷书写讲义……其实我并不是为了去做家教，只是觉得终于有机会去完成老爷爷的心愿了……她还说了什么，我没听清楚，只觉得心里湿湿的，为老爷爷，更为了女儿的这一份心，一份让人心碎的感恩的心！记得她初中毕业的时候，我老是提醒她要给老师打电话或者发短信，问候老师教师节。这两年一来孩子大了，二来我也顾不上了，孩子自己倒是有心知道什么人要惦念着，尊重着。并且在这样的时候去主动问候，有情有义的孩子！不知那家请家教的家长如果知道了他们拒绝的孩子用这样的动机去辅导他们的孩子会是什么样的表情!？我直跟女儿说他们没有那样的福气。

何为教师？何为人类灵魂的工程师？何为言传身教？何为为人师表？这样的平凡的小事，给孩子心灵的烙印和人格的教育岂是什么理念和创意代替得了的?！

师者，传道授业解惑也！授业解惑是术，传做人之道方为大师。

为老爷爷喝彩！祝这样的教师健康长寿！

为女儿喝彩！能够感受这样的精神并希望用行动延续它，有仁义之心，感恩之举！虽然刚刚交了入党申请书，她在我的心目中已经是一个合格的党员。我为女儿骄傲，也为我们的后代骄傲！

[后记] 写这篇文章，让我几次默默地流泪。打心眼儿里感动，有时间一定去看看老爷爷，感谢他的行为带给后代的影响。

女 人 四 十

女人四十！

四十岁，人到中年！

古云：四十而不惑——我说：四十而始惑！

人云：女人四十豆腐渣——我说：四十岁，生命才刚刚开始！

女人四十，为人妻、为人母、为人女、为人用。当人生的所有角色在这一刻让你认识的时候，自我、小我、大我、他我的关系是不是纵横交错，一目了然?！生命是否刚刚开始？人生漫漫的旅途才刚刚起步。

人生四十，在基本满足生存角色和定位的时候，你是否看到了一个零的起点。那个曾经见山是山，见水是水的认识是否变成了看山不是山，看水不是水的状态。我惑然，人在山水中行走，却不知山为何形，又不知水流向何处。恰是见山不是山，看水不是水！

也许很多人看到这样的开头会觉得这是一个狂妄的女人，但是恰恰相反，一个真正认识到自己人生幸福的女人的标志就是这样的，而真正忘了自己的形而超越于形存在才是真正认识人的开始吧——得意忘形。

本来四十岁这个敏感的生日是不想过的，于是就安排了工作，安排了忘记，安排了似乎离自己日常生活很远的事情。可偏偏事与愿违，却过了一个不经意的，隆重的，在我心里留下深刻记忆的生日。看来，越是想忘掉自己却恰恰在另一个层面找回了真正的自己……于是，晕着就过去了。

阴历二月初二，龙抬头的日子，早春三月，如果在往年，桃花都已经开了。玉渊潭的樱花也应该早已游人如织了。可今年偏偏冷空气来袭，东北遭受了几十年罕见的暴风雪，北方一路的冷空气来袭使得今年初春的天气有点儿冷。而看到斑斑点点的白雪点缀着覆盖的山却也是难得。于是心情也格外的爽。今天一大早，妈妈打来电话，祝贺我的生日！我很是内疚和歉意，直言应该是我先给妈妈打电话的，因为孩子的生日妈妈的苦，这一天是"母难日"，于是感谢妈妈赐予我生命！想起小时候，每到生日的那天，一大早醒来的第一件事，就是枕边会有爸爸煮熟的鸡蛋。在那个年月，每年的这一天能够吃到鸡蛋是很好的待遇，也是盼望过生日的一个小心思。现在想来那份温馨和幸福是一生咀嚼不尽的味道。（其实一大早枕边已经收到了那份记忆和幸福，那是老公的祝福和父爱的延续）。接着女儿来电话，祝贺生日！心中甚慰！还有那些短信，记得我生日的朋友的祝福……女人四十，满满的幸福！

　　幸福的同时，还会觉得愧疚。越发的感觉空。回想在接近这个年龄的近几年的心路历程，感慨万分：

　　四十年前尊孔孟，尊教守礼而致厚积；四十年后循老庄，自在逍遥致无为而勃发，顺其自然，乃至无不为之境。

　　女人四十，我的无为与有为！……

首例甲流密接纪事

亲历甲流之女儿——回家

　　女儿作为国际交换生的近一年的留学生涯终于要结束了！归心似箭的她一个月前就把 MSN 的头像换成了一个贴着飞机的行李箱，那份急迫的心情让我们对于归期的盼望变成了一份期冀已久的焦急的等待。而临近归期时全球的甲型 H1N1 流感疫情对于从"疫区"飞来的人群有着一种威胁与逃离的双重矛盾与焦虑！为此，在医疗行业工作的姐姐很早就打来电话询问归期，希望尽早的回来，离开那个令有恐怖的疫情不断在上升的地方。我安慰姐姐，她所在的州离疫区很远，而且那里还有雪，羽绒服还没脱下来呢，很安全！尽管如此，这样的状况仍然给我们的重逢平添了几份的担忧和焦虑。

　　终于等到了那一天，临出行的前一天，在网上一再的嘱咐要戴口罩，要有足够的思想准备，登机和出入境都会有体检和相关的检查，要注意身体，多喝水，保证睡眠和饮食的正常。一直到东京最后的一次转机打来电话，告知飞机晚点一个多小时，通过了几道安检和体检，填报了一堆不能再详尽的表格。心里总算是少许的踏实，就准备晚上接机了。

　　北京 8 号晚上有雨，空气中也多了一些凉意，在准备了一晚上后，查询机场的飞机落地时间，被告知 23：59 分抵达，延迟了近一个半小时。无奈，我们只好耐心等待，听着窗外淅沥的雨，伴着丝丝的凉风，心里却不知道该干点儿什么。儿子使劲儿的睁着已经迷离的眼睛，实在支撑不住便倒在床上睡着了。等到喊他起来时，人坐起来了，穿着衣服，眼睛还半睁半闭着处于朦胧的状态。但是开车走在路上就很精神的期待着：姐姐终于要回来了！还很感慨地说："晚上路上的车真少啊！"我不失时机地告诉他，你知道我们都进入梦乡的时候还有多少人在路上辛苦的奔波着吗？还有很多人是在室内加班工作的……

首都机场2号航站楼国际到达厅，凌晨的候机楼也像是进入了梦乡，有限的航班，有限的接机的人，少了几分喧嚣，倒多了几分的惬意。同时间到达的航班一共三个班次，几乎都是从美国始发然后转机到北京的，檀香山、洛杉矶、东京。女儿的航班已经到港，等待入境、安检和体检。焦急的等待，最后的一份担忧，爸爸伸长了脖子抱着喜子在出口处张望着，而我故作悠闲地拿着相机在离出口不远处等待着拍下他们相见那一刻的镜头。一拨一拨的人走出来，始终没有女儿的身影，爸爸已经热得把衬衫的扣子解开了两颗，开始擦汗了，那份担忧在他是最重的。凌晨一点，爸爸的表情告诉我，看见女儿了！女儿推着两个大行李箱，火红的T恤，牛仔裤，满脸通红地就出来了。我喊着她的名字赶紧拍照，谁知她还不好意思。等通过了长长的通道见到了弟弟，边用手拨着弟弟的头边说热死了！我们上去拥抱了一下，本来我认为她见到我们会哭的，可没有什么表示只是不停的说话。孩子大了，成熟了，也比我更坚强，表达情感的方式也很含蓄：终于回家了！我终于回来了！！！上了车，第一件事就是给她吃我们提前带的小笼包子，这是她回来前提及了多次的"一口一个、猪肉的、小笼包子"。问她吃什么地方卖的，她只说我就是想那股味儿，家的味道……

回到家里，雨下得很大，已经是凌晨两点了，她兴奋得没有睡意。把从东京机场给爸爸、姥爷买的酒拿出来，还有给弟弟买的小点心，各种小玩意儿，不断地念叨着，给我们讲着一路的经历，一路填的表格和内容，事无巨细的……

快乐而温馨的天伦时光一晃就过去了两天，我们一起吃饭聊天，说着那说不完的话，一起分享分离近一年后的相聚的时光，甜蜜而短暂。周日弟弟回学校了，周一我的车限行，于是爸爸上班后，我跟女儿坐在窗前的餐桌前喝着茶、嗑着瓜子，聊着天，看今天的手机报新闻：今日头条就是国内发现第一例甲型H1N1流感疑似病例——在四川。患者是从美国经日本回国，在北京转机到成都后发病的。日本转机的航班号NW029，但是到达北京的时间是9日凌晨1：35。我长出了一口气，庆幸不是女儿的航班！还跟女儿说着这件事，因为是5月11号，女儿联想起四川汶川5·12大地震一周年，还感慨地说：这四川怎么了，总是出事？！应该说那一刻，潜意识里我们都没有任何的想法觉得这事与我们有关系！或者说完全没有意识的，在潜意识里让我们面对一个简单的事实时却没有了智商！

就在我们轻松的开始今天的计划，收拾衣柜，女儿臭美的一件件的试穿着美美裙子的时候，家里的电话响了！女儿到餐厅用免提接起电话时，对方那边很嘈杂的环境核问女儿的姓名、住址、电话和相关的情况，并很快地通知她，要接她到指定的地点进行隔离医学观察！我听着，意识到早晨的新闻就是女儿的那架航班，那个疑似患者跟女儿同一架航班进入的北京，我们中了"六合彩"！

放下电话，我们一边疑疑惑惑的不敢相信这样的事实，一边想着要带些什么东西并准备着，同时想着接下来要发生的一切可能的事情。比如我们家里的人怎么办？会不会都被隔离？爸爸和弟弟去上班和上学了，会不会要求接回来？想到这里，我马上拨通了爸爸的电话，让他尽快回来一下。想起SARS时的情景，觉得有些恐怖。那年，很自然的照常把女儿送到寄宿学校，没想到这一去就是两个多月的隔离。所幸当时他们学校无一例非典，顺利地接回了家。那期间每周一次的探望，是隔着两道铁丝网，五米远的距离相视而不能相拥。那年，多少非典的病人从隔离开始到离开人世都没有再见到亲人一面……不敢想，不敢面对，不寒而栗！太突然！正收拾着，电话又响了，还是疾控中心的，核实相关材料的电话。从本人到家里成员无一逃脱地问了个遍，说是提前登记，节约时间。这时爸爸回来了，问清了情况，疾控中心的车辆也就到了家门口，不一会儿就聚集了当地政府的一些相关人员。戴着口罩，穿着白大褂，指指点点地在讨论什么。女儿就有点儿紧张，有点儿害怕，没有见过这样的阵势，感觉自己一下子成了害虫！我们收拾停当，等着人来带女儿走，看着楼下的人员在那儿商量着什么，或者好像在等待着什么人，心里也开始有些急了。不知道接下来要发生什么，会发生什么。但是女儿要被接走却是一定的了！事情既然如此，也只有面对了。于是我赶紧嘱咐她一定要注意安全，尽量少接触人群，要调整好心态，不要掉以轻心，有什么事情及时与家里取得联系……站在落地窗前看下面的情况。一会儿，又等来了一辆面包车，车身上写着北京健康教育。下来了几个穿白大褂的，戴着口罩。又是一阵的商量，大约过了半个小时左右，上来了两个女护士模样的人，身穿白大褂，戴着口罩和胶皮手套，拿了一个本子。进到屋里询问了相关的情况后，在门口站着给我们家人开了三张居家医学观察的单子后，嘱咐我们给女儿用过的床上用品全面消毒，并嘱咐我们居家观察，不准外出，有什么事情跟当地的有关部门联系。谁去接儿子回来，待跟当地医疗部门商议后再决定。

12：35 分，她们带走了女儿，爸爸拎着箱子送女儿下楼，我则在家门口拥抱了女儿，告诉她别紧张，没事。有什么事情及时联系我们！

老公跟那些工作人员在楼下谈了很长的时间，主要议题就是谁去，到哪儿接儿子回来，怎么接？也不让我们跟着。许久，老公上来了，告知了我情况，电话就没停过地在打。居委会的、社发局的、医院的，除了核实有关的情况外，就是关于接儿子的问题了。我们商量好，他们负责去学校接孩子，我们负责通知老师将孩子送出来。于是我跟老公商量怎么跟学校的老师讲才合适，既能够解决问题，又不至于引起不必要的恐慌。因为女儿已经回家三天了，我们的身体状况都很正常，不出意外的话这就是一个配合的措施，这一点对于我们来说还是有基本的常识和客观分析能力的。于是我打通了老师的电话，简单地把情况说明后希望老师帮儿子准备一下然后送出学校来，并一再地嘱咐没有官方的正式通知就不要告诉学校，以免造成不必要的恐慌和麻烦。一切都顺利地进行，医院的车给儿子戴上口罩，由一个司机和一个医生带着就回来了。路上儿子心里七上八下的，不知道发生了什么事，嘱咐了老师和医生都不要告诉他，只说家里有点儿事，爸爸妈妈在家里等他。回来后跟我们说，一路上，他看着回家的路，没错，就知道那两个人不是坏人！但是究竟什么原因带他回来，百思不得其解，主要想到的是我犯了什么错误了？于是把最近两天的情况在脑子里回复了一遍也没想出来什么事……但是儿子很镇定地处理了这样的事让我们也很是欣慰！

　　事情到此，应该是告一个段落了！该回来的都回来了，该接走的也接走了，还是有点缓不过神儿来。接下来老公不断地接电话，核实材料并告知相关情况的电话，说有什么需要的尽管说，有什么问题及时联系等等诸如此类的。家里的电话自打安装上就没这么忙过。我想起了什么，赶紧给女儿打电话，问一下她那边的情况。被告知已经到达目的地，一路上警笛声声（她坐的是救护车）有点儿不适应，酒店那里很多站岗的，环境很好，量了体温，一切正常，自己一个房间，还有鲜花、水果一应俱全的，觉得仿佛到了度假的地方，被人关心的有点儿不好意思……一颗心总算落地了。无论如何，她没事就好，我们仨口儿在家我们就很踏实。

　　天上掉下来一张网，平白无故的，在周一的早晨，用了一个全球都认可的说法让我们一家四口人就这样被医学观察的名义，在7天内限制了自由！就是说，女儿要在规定的地方，我们在家里，要这样度过7天的时间！非典时我就很疑惑世界上会有这样的事情，一夕间大家都不能够上班，不能够见面，然后都休息。没想到几年后的今天，全国第一例甲流病例殃及了我们全家，始料不及的让我们成为了其中的一分子！

人生无常！

亲历甲流之居家观察

电视、网络、新闻，一时间这样的消息让我的同事们一猜即中地想到了问候！于是我告诉他们我中了"六合彩"，并告知安全无事，感谢惦念！而家里人，确是因为已经知道女儿回来了就无需再让他们记挂了，这样的事情不管有没有事，也没有必要让他们多担一份心。于是，调整心态，我跟老公和儿子说，不容易啊，我们可以在一起在家待上一周了！这样的机会恐怕一辈子就这一次，珍惜吧！

每天的早晨8：30分，居委会的几个主任，副主任轮流打电话来询问需要什么，主要是食物、日常用品等，事无巨细地为我们服务。我们不太习惯，似乎还没有醒过神儿来，一再地感谢并不需要什么，也表示不想麻烦她们。她们也很幽默地说：麻烦我们是对我们工作的支持！第一天我们把家里能吃的东西都归置着干掉，到了第二天就觉得好像还真得麻烦他们一下，就像她们对我们说的：你们麻烦我们就是对我们工作的最大支持！是啊，不准出门，限制行动，你就是没事别人也会在乎的。哎，什么事儿！一贯不喜欢麻烦别人的我和老公这次不得不例外地真的麻烦别人了。我们说好了吃什么菜，需要什么，居委会的人员就帮我们买好了，送到家门口，然后打个电话我们开门取，还不厌其烦地跟我们解释一下买的东西是否合意。并希望我们把垃圾放在门口由她们代劳，真是无微不至。每天下午的4：30分左右，会照例打来电话询问有没有什么事情，还不失时机地跟我聊聊天，怕我们闷得慌。很是感谢她们，也很是不好意思麻烦她们。除了必要的蔬菜和食物外，我们尽可能地将就着，以至于她们会更加主动替我们着想。比如知道有孩子，就问是不是要水果或者乳制品……我们也一再跟她们讲我们很好，非常感谢，会积极配合他们的工作，不仅对自己的健康负责，对他人和社会也是一个起码的公德和责任！医院会在下午2∶00左右打来电话，预约好过来测体温，并做好记录。一切正常！

还好，我们家里的人都还可以自行其是！早晨起来吃过早饭后，儿子自己学习，完成老师发短信过来的作业和课程。我和老公上网，看书，处理邮件和公务，或是做一下家务并负责做饭。中午吃完饭，会一起睡一会儿。下午除了正常的工作和学习外，我们会沏上一壶茶，或普洱、或铁观音或绿茶。开窗通风，浇浇花，聊聊天，然后到书房，倒上一得阁的墨，伴着墨香和颜真卿的《多宝塔碑》写上几笔，或者经不住儿子的死缠烂打而跟他一起玩扑克，耐着性子看他用左手捻着抓不住的牌，出着蹩脚的招儿，总是当"娘娘"敬着供，还乐此不疲的，倒也其乐融融！到了第三天，老公明显地有些急了，单位很多的事，不时打来电话，好在这样的事大家都理解，也就有些许的安慰。我把很久没有动过的健身器打理得干干净净的，还有买了很久没用的瑜伽垫铺在客厅里，打开慧兰瑜伽的盘，跟着一起练瑜伽功……生活安排的很是紧张而有序，我就开玩笑地跟老公说：我们提前体验老年生活！

每天，我会给女儿打电话询问她的情况。每次她都兴高采烈地告诉我享受着极优厚的待遇，吃得好，睡得好，还见到了在飞机上的那些伴儿。大家彼此很友好，打着招呼，还可以到院子里面走走，晒晒太阳，散散步，比我们强多了。人生啊，就是这样，因祸而得福！就像是预演好的，回到家，给家里人报个平安，送来所有的礼物，然后到一个世外桃源般的地方，没人打扰地倒时差，享受美食和极致的服务。将这一年在美国想念的美食和优厚待遇都极尽享受了！这难道是上帝的旨意吗?！她告诉我，那里有很多的美国人，看到他们在那里的状态和享受的中国政府为他们提供的一切，她感到很自豪，也很骄傲。也希望他们能够将这一份人性化的关爱带给美国人，将中国的这一面带给全世界！这一点，从女儿走出国门的那一刻开始，就一点一点地强化着，到这个隔离事件应该是一个终极。所以，她从美国算计着一比七的比例花钱到回国后因特殊原因免费的一切，更加感受是社会主义好，自己的国家真好！

就要解除观察了，那个四川的全国首例 H1N1 患者的病愈出院已经进入了倒计时，我们这些被他牵连的间接又间接的所谓二代密接者的居家医疗观察也应该进入倒计时了。

平安无事——一场梦幻般的经历！

亲历甲流之解放

今天，我们终于要解放了！

一大早，居委会照例打来电话，一如既往地关爱有加地完成她们的例行公务。我非常诚恳地告诉她们不要再麻烦了，今天应该是最后一天了，因为女儿那里都发出通知，并开始准备解除观察了。但是她们还是一如既往的表示不要我们客气，最后一天也要为我们服务好。我很是感激也很是感慨她们几天来的工作和行为，默默地一丝不苟的完成着她们的任务，这是我们能够安心留观的重要的一部分，他们让我们没有生活的忧虑，还有一份关爱和照顾。中国人，一旦有难的时候，大家的凝聚力和儒家的匹夫之责就表现得淋漓尽致。5·12 一周年伴随着全国首例流感的确认而到来，使四川再次成为全国的焦点，那份凝聚力也因此而抹上了浓重的一笔。难怪余秋雨这个十几年来一直以走文化苦旅而困惑和追求着什么的人会因为汶川的地震而真正地找到了中华民族文化中灵魂。

这一天，不断地有电话进来，有问候的，有当地政府相关部门的。内容就是一个：感谢几天来的良好配合，各方面的反应都很好，到了解除观察的时间了，这几天的食品费用都由政府来负担，不用我们管……还有，我们家小屁孩儿的老师，这也是他社会角色的一部分，被人关爱的幸福！

　　下午医院照例来测体温，询问情况，并商量什么时间发解除医学观察通知……

　　5月16日，我们要去东直门接女儿了！昨天女儿打电话过来，说她很是兴奋。好像从美国刚回来的感觉，终于又要回家了！这期间，她得到了同学们比自己在美国更多的关爱和问候，让她感受到同学和朋友的情谊，这一份经历给了她很多很多……

　　今天阳光灿烂，我们心情比阳光还灿烂！我们要庆祝一下，我们一起渡过了这样一个全国性的事件，平安无事地恢复了正常的生活。不仅要庆祝这个事件，还要记录下这个同甘苦共患难的经历。记住不仅仅是为了纪念，而是为了让所有的人感受要更好地活着，更加健康地活着，活在这个日新月异的国家和时代，也为这个自己的大"家"贡献一份微薄的力量。

　　这样的经历，是一份珍贵的人生财富，小心翼翼地收藏着，并与世人共享……

　　亲历甲流，亲历幸福……

第二篇 知性之光

——生命感悟

在感性之外，一些女性与生俱来地具有洞察万物，了悟人生的本领，知性的光芒，赋予美丽更多的力量……

你像一匹恶狼，紧紧地盯住我不放！使我不敢有半点儿懈怠。好像稍不留神，你就会远离我而去。我问我自己：我为什么那么在意你的去留与急慢？现在我知道，我怕没有威拢！当一个人不再有自己认为值得做的事情的时候，会变得轻飘飘的没有分量，会不被人在意和重视，会被忽略，会被忘记！

无　　题

一切的经过

都是无悔

一切的收获

轻描淡写

生命的路程

如此而已

没有什么

是更重要

所有的一切

均是唯一

所有的唯一

造就了一切

可知的缘于未知

未知的寻求可知

在可知和未知之间

我无悔的追寻

孩子眼中的北京

从儿子一年级的六一儿童节开始，我就许下了一个约定：以天安门广场为中心，每年要去一个北京的名胜古迹。了解中国首都，了解自己的家——北京。

于是，他在走遍天安门广场，了解了人民英雄纪念碑和踏上天安门城楼再鸟瞰毛主席纪念堂后，去看了正阳门城楼下的中国公路零起点处，在那个铜制的标志下留了影。于是，他知道了天安门广场是世界上第一大广场，这里是他走过的很多国道的起点。也知道了人民英雄纪念碑为什么会矗立在天安门的中心，更明白了红领巾是红旗的一角，是无数革命先烈的鲜血染红的。于是，那个六一儿童节，他写了一篇让老师大加赞赏的日记，也让我看到了学校与家长教育理念的一致性。后来，老舍茶馆去听戏也成为了它的一部分。目的就是为了让他更多的了解老北京的历史、文化和城市特征。

今年的十一期间，又带儿子去了北海，去琉璃厂，从孩子的言行中，发现了一些让我意想不到的事情！

十一长假，北海公园——这个历史悠久的皇家公园聚集了太多的游客。国内的国外的，不同肤色，不同语言的，人头攒动，好不热闹。九龙壁前留影的人可以和龙鳞比美。但也有老人闹中取静，拿着用海绵头做的水笔沿小路挥洒着龙飞凤舞。儿子看得出了神，不仅跟老爷爷照了相，还饶有兴致的写了几个字。虽然写的并不好，但是却提起了他的兴趣。于是，有幸买到了几支不同长度的水笔，他也开始沿途写。为了教他，我用另一支笔在旁边写。谁知这一下惹了事，我写完了要走，儿子站在旁边看着正要临摹，来了一群三四十岁的南方的男人，像是一个团队。惊讶于地上的字，围过来七嘴八舌地：小朋友，几岁了？了不得啊！更有开玩笑地问：你收不收费?！……我见此情景，红了脸，赶紧过来拉了儿子就走，后面还不时地传来赞叹声。看似一个小插曲，却让我很是感慨。现代的人离笔墨纸砚甚远，却还是很欣赏和惊羡于书法的。看到六七岁的孩子在这里写字，那份欣赏与赞许也让我感动。唯一不足的也是后来跟儿子聊的话题，那就是一个人有才华，把字写好了，会得到那么多人的尊重、欣赏与赞美。但是要想得到这些，需要有真本事和真才实学，需要加倍的努力和刻苦的锻炼。

下午后半晌，把儿子带到了琉璃厂。也就是后来在他的日记上写道的"一个文房四宝的世界，一个笔墨纸砚的海洋"。但是更让我惊讶的是后面的文字："这儿不像北京，连一座高楼大厦都没有!!!"

在那里，我们买了字帖、砚台，让他四处走走，看看，准备回去让他临帖，练毛笔字。（这个计划是出发时就有的，没想到在北海多了一段插曲，也多了一层铺垫）其实除了浏览，我真正的目的是让他对各种笔墨纸砚有个印象，并通过这样的特征了解琉璃厂这个老北京字画、古玩、收藏的聚集地。可他的一句"这儿不像北京"却震撼了我。难道在孩子的眼里，北京就是高楼大厦？就是鸟巢、水立方吗?！前门的大栅栏、东交民巷的四合院、从正阳门到前门到永定门的牌楼，还有天坛、地坛、日坛、月坛……孩子说的是他眼里的北京，但是北京在我们眼里是什么？是故宫、是皇家园林的颐和园，是琉璃厂、天桥所代表的北京符号。那年女儿高考。语文的作文命题是《北京的符号》。在罗列了种种北京的特色后，她把《北京的符号》最后落在了八荣八耻上，落在了城市文明和国民素质上，她得了一个高分。我不想评判这样一个标准，只是在他们身上看到了跟我们不同的时代特征，不同时代在人们眼里的不同的城市特征！这个北京符号的烙印不同的时代有了不同的诠释。只是，真实的北京有它真实的存在，而我们希望孩子眼里的北京是什么？究竟他们眼里的北京到底能够成为什么？
这也许是一个值得探讨的问题！

——传统与现代

——传承与发展

——历史与未来

洒　脱

　　发生了一件这样的事儿：儿子学校办了一个博客，本人有幸被邀请为班级的管理员。老师的初衷是希望通过这个家校互动的平台来达到家长与学校的充分沟通。因为是寄宿制学校，孩子们只有周末才回家，也通过这样的方式将孩子们的学习生活一览无余的让家长们了解。还有一些孩子们的优秀文章、图片等等。让我来参与也只是希望通过家长来传递一下学校和家长之间的信息、沟通交流，也可以互相的交流一下育儿经验。总之初衷是很好的，也是很完美的。而我对这样的事情是很欣赏和支持的。得知孩子的老师有博客，就很赞同于这样的交流方式，同时也很感受到老师的用心良苦。为了表达这一份支持，也希望通过博客的方式培养孩子写作的习惯，引发他的兴趣，于是在第一时间给他开了一个博客。孩子很高兴，也很感兴趣。将他的同学们都加为好友。每到周末回来都会积极地写日记，记下自己觉得有意义的事，然后迫不及待的将它们挂到博客上，跟同学们共享，也会去读好友的文章。

　　新的学期开始了，学校开展了读书活动，有十本必读书目，而且会要求孩子们写课文和课外书的读后感。每周孩子都会提前在博客上看到自己的同学们写的读后感，对照自己的文章找到差距。也让家长了解到他的同学们的情况以及自己孩子的差距。对此，真的很欣喜于这样的老师有这样的方式可以达到这样的效果。

　　就在被老师诚意邀请做管理员的第一篇文章的发放就出现了意想不到的问题：我被攻击了！说实在的，接到孩子家长联系本上老师的邀请时既高兴又有点儿忐忑不安。高兴的是可以为孩子们做点儿什么，它提供了一个平台，多希望自己可以跟家长和孩子们交流的同时大家可以共同形成一种育儿文化。忐忑的是很怕自己做不好，因为对孩子的教育是我太在乎的事，这是一份责任，一份在我眼里很重很重的责任。于是小心翼翼的开始了我的"管理员工作"。说是一份工作，只是自己把它当成一件很重要的事情认真对待的态度，没有任何的功利性和目的。先是换了一个界面，以前的界面是卡通的，很可爱。但是本人觉得总是一个界面会枯燥，因为自己写博客也有几年了，还是有一点点经验的。于是煞费苦心的找了一个很粗壮的树木的图片，意寓"十年树木，百年育人"。同时看到那里没有博主的照片，因为是年级的博客，有几个班一起，真的不好放谁的照片，于是绞尽脑汁的换了一张红红的枫叶的照片。秋后了，北京的红叶漫山遍野，同时在找到这张图片的时候还想在网上发起一个让孩子们去观赏红叶的活动，然后写写北京的红叶……落花有意，流水无情，先写了一篇题为《牵手的约会》的前言，算是跟大家打个招呼，然后投石问路的，抛砖引玉的发了一篇去年期末在儿子班里的发言稿。谁知这一下没有引来玉，却立马招来了板儿砖。有家长马上从更换背景开始到发的文章，一直到指名点姓的开始了批判，从语气到文字充满了抵触情绪甚至于说攻击也不过分。原因我不想讲，因为涉及到一些具体的人和事，不便于公开的谈论，怕伤害到一些无辜的人，尤其是孩子们。可那位家长不依不饶的，大言不惭地对我进行道德审判和人格诬蔑。我不知道那位家长是谁，我反复的想也不知道我究竟得罪过谁，以至于如此的耿耿于怀。其实我并不想在这里叙什么冤屈，更没有讨伐那位自以为什么都知道而对某些事情做出评判的人。只是觉得很委屈，一个公共的孩子们的平台，做家长的，除了到那里了解孩子们的情况外，应该以一种尊重、欣赏至少是善意的心态来看待这里的一切。而且在这里，我们只有一个理由来，那就是"爱"！如果我们的行为是伤害和不友好的，那么这里的纯洁就会被污染。我们每个人的眼里的世界都是我们内心的一种反映，如何看待别人的行为也许正是自己价值观或者心态的一种反映。这里没有利益！没有现实的名利！有的只是一颗爱心和自发的关爱和责任！在这里，任何作秀和功利心都会是一种亵渎！

很是遗憾，一份最美好和真诚的关爱换来的是误解甚至于将这个博客毁掉！很是伤心，孩子们面临的是一个怎样的成人的世界！我们为什么不能够以欣赏和关爱的目光去看待别人的善意?！有一句话讲：一个总是对生活报以微笑的人生活定会还她一个微笑的！

生活中我们常常因沟通交流不当而误解，工作中也经常因意见和理念不合而让步，但是在孩子们面前，我们只有一种权力：那就是以爱的名义奉献！这里没有名利，没有现实中太多的牵绊，唯有坦荡荡的胸怀和真正的尊重。把孩子们当成独立的生命个体来尊重，同时将自己的行为当成一面镜子，照出别人也照出自己。面对这样的境遇，我想洒脱却无法解脱。难过的不是自己的境遇，而是这样的境遇所反映的背后的东西。人生一世，我们能了解多少人？又能够了解多少事？如果一味的以人性恶的一面来看待别人，那么我们的世界会是什么样子？看待事物不去发现它美好的一面，却一味的以自己的主观臆断来判断未知的现实，不仅会打碎别人的美好，还会让自己得不到快乐。这种损人不利己的事情为什么要做？我宁愿相信所有人的出发点都是好的，都是善意的，这样即使有一些偏颇的人和事也会在美好的期待和信任中变得美好起来。

洒脱——发自于内心的坦荡，会让人成为顶天立地的大写的人！而只有这样的洒脱才会让人生变得充满阳光。

让世界充满爱！

探　头

　　周末到学校接儿子，他刻意的拉着我的手走到一墙柱处，用眼睛示意我抬头看。顺着他的指示我看到了一个监视器的探头。"哦，那是一个探头！"我不经意的跟他说。"是的，还有很多的探头呢。"他很神秘的跟我讲，似乎这个探头跟他有很大的关系！看的出他很在意。

　　拉着他的小手走向教室的路上，我跟他说："其实每个人都有一个探头，不是吗？"他愣了一下，马上说："是，每个人都有一个探头。"我马上问他："是什么呀？""是我们的心！"他不假思索地说。"对，每个人的心就是一个探头，自己做的好不好不用探头照，自己就知道。所以这个探头对你连来说是没有用的，不是吗?！"

　　这个周末，关于探头，我们进行了讨论。因为本学年开始，学校很明显的在孩子们的修养品行方面进行了大力度的整顿和加强。比如会通过监视器监督孩子们的课堂纪律或者关注孩子们的课下行为，这个探头的安装就是这样措施的一种表现，喜子对这个探头的敏感和在意也源于这样教育的结果。还有通过对孩子们日常行为的记录来约束和教育孩子们要连续一贯的遵守纪律，把遵守纪律当成一种良好的习惯来培养。同时也让孩子们懂得你的每一个时期的每一个行为都会对你的未来产生影响，比如三好学生，比如重点学校的晋升……

　　当然，这样的措施未必能够让每一个孩子都这样理解或者去做到，但是毕竟它在执行，并且已经对孩子产生了好的影响。于是，喜子周末跟我讨论的话题里总免不了说我还没有坏的记录之类的内容，因为他很在乎荣誉。虽然他明白了这个道理，也知道要得到荣誉，但是他还是经常的管不住自己犯这样那样的错误。于是我们就讨论每个人的这个探头的作用。他很高兴并且愿意谈论这样的话题，动脑子不断的想出各种情况，比如当你上课插话的时候，这个探头就会拍下来；你跟同学们发生争执用不当的方式处理时，先想一想那个探头是不是在看着你，会不会留下错误的证据。其实不用看学校的探头，也不用去想自己有没有错误的记录，你自己就是最好的探头和记录。自己最清楚自己的行为和表现，只要管好了自己，其他的根本就不用去想，自然一切都在把握之中。一个人表现好了所有的人都看得见，表现得不好每个人也都看的见，因为每个人都有一个无处不在的探头！

　　儿子准备写一篇作文，题目就叫《探头》，希望他早日写好，更希望他在人生中用好这个探头。这个探头用好了，他将拥有一个没有探头的自由快乐的人生！

感受新春

热热闹闹的新年终于就要结束了，中国人的春节，从腊月二十三的小年开始到正月十五的元宵节，就盼着二月二龙抬头了。按照旧历，龙抬头剃龙头，新的一年的年头就开始了，也应了那句流行语：从头开始！

2008 年，多灾多难的一年！将它称为少有的多事之秋也不为过。但是从另外的一个角度讲，也是可喜的一年。越是灾难降临和多事之时，才越加的显示凝聚力和患难的意识。大悲大喜，都在 2008！

于是，新年的来临和庆祝就显得更加的重要。2008 年的最后一天，在美国的纽约，漫天的大雪飘飞着向去年告别，也迎来了新年。中国人讲瑞雪兆丰年！不知美国人的新年在金融危机爆发的寒冬，这场雪能够带来什么！但愿也是一个好兆头，祝福他们吧！

在美国流浪了一个月后回到北京，已经是接近小年了。除了倒时差外，满脑子还是晕头转向的东西没整理完，就赶紧的开始准备年货了。说实在的，这一年，尤其是后半年，奥运的喜庆气氛让大家每天都像过年一样，不仅烟花爆竹，歌舞升平，而且还休了几个长假。所以感觉怪怪的——天天过年。终于到年底了，可以歇歇了。可是到了农贸市场一看，车堵了，人挤了，熙熙攘攘，人来车往，好不热闹。大红的对联、灯笼铺了满地，一派节日的喜庆气氛。把我本已泄了气的心也挑了起来。是啊，这就是生活，就是老百姓正常的生活——不管有钱没钱，总得包饺子过年。到了一年一度的春节，家家户户贴春联，挂灯笼，孩子们穿新衣，欢欢喜喜的放鞭炮。日子过的就是一个心气儿，人活着要的就是一个精气神儿！这股精气神儿在地广人稀的美国没有感受到，还是家里好啊！

今年的春节跟往年不一样的还有一个就是鞭炮的燃放。似乎这个年就是在爆竹声中过的。好像冲天的牛气都要在这爆竹声声中直向九霄。爆竹声声辞旧岁，梅花点点迎新春。只是火灾不断未免火过了头！

春晚依旧，只是多了几分的回忆和怀旧。无论是今昔的对比还是节目的内容，都有些过去千丝万缕的影子。神还在，形却有点儿散。这台大戏，也真的很难为，年年如是。继承什么，创新什么，保留什么，剔除什么。也许，根本就不用每年处心积虑的创意，有了喜庆的心气儿，有了神州大地的人气儿，还有那么多真实的故事，这个家宴哪有不热闹的理儿。

终于可以踏踏实实的休息几天的日子，清闲的看了《梅兰芳》。在大腕云集的现代气息下感受历史与国粹，于悲婉纯美中感受艺术与气节，不失为节日的盛典。一样的贺岁，一样的冯式幽默，一样的原生态的葛优，《非诚勿扰》还是带来了太多的笑与思考。机遇与暴富、人性与情感、形形色色的价值观、眼花缭乱的世界、没有国界的随心所欲……到头来，上帝都没有办法解开的孤独在那个与世隔绝的小教堂得以倾诉，没有真情的世界，欲罢不能的欲望终究还是让生死回归到彻底的返璞归真。非诚勿扰——打扰了这个贺岁的年节，勾起了多少真诚的情结，下一部贺岁又会成为这个时代的什么样的镜子?！春天来了，美好的纯洁的心灵涤荡着的如诗如梦一般的美！似乎这是一种宗教抑或魂牵梦萦的灵气。

走亲访友！传统的节日，传统的问候，传统的延续都在这儿了。父母老了，惦念的是归家的游子们，想念的是各行其是的儿孙们。终于在这一天，有一个非法定的日子，都会回家团聚。这也许是中国这个古老的国度作为宗法社会到目前为止延续下来的最重要的标志了，也是儒家传统的礼最具体的体现了吧。随着社会的发展进步，越来越多的人意识到传统的精华和力量。物质文明的进步不仅没有抹煞传统的传承，反而让我们更加的懂得了血浓于水的分量。这就是中国人，这就是中华民族传统文化的力量，让我想起现在人们常说的一句话：只有民族的才是世界的。五千年的民族史岂是白过的?！前几年春节，不是出去旅行就是回家看父母。可这几年，同事朋友，同窗旧学，以前听说过的同学聚会都是大学、高中，现在连小学同学都开始聚会了。说明什么？人们开始关注精神世界的生活，关注情感，社会群体和自身的归宿问题了。开始思考和关注我从哪里来，要到哪里去的生命关怀问题上来了，这是一件很可喜的现象。于是我也不例外的感受着这样的时代气息，少有的同学聚会，有的甚至二十几年不见，儿童相见不相识，别有一番滋味在心头。曾经有一位出国留学定居国外的同学回来时讲了一句话：我们想起小时候的一些事情时，想到的不是自己，而是那些同学和小伙伴，想起他们就想起了自己。是啊，这样的感慨如果不是异国他乡，如果不是流离在外，离家很久又思乡心切的人，恐怕也不会有如此的深刻的感悟。尤其是到了"而今识尽愁滋味"的年龄的人来说，再见时往事不堪回首。只是，当我看到儿时的玩伴时，我看到了平常的心态，骄人的事业还有美满的家庭。孩子的教育已经不是女人之间的话题，男人在这个领域里已经是主角。生活，酸甜苦辣咸，事业，坎坷艰巨难，可是心态却也是真情平常在。令我不禁感觉幸福，感受平凡和快乐。身边不乏事业有成，财富无限的企业家和白领，可是脸上的表情和心态跟儿时的同窗比起来却是天壤之别。就像网络的调查结果一样，似乎离大都市越远的人幸福指数越高。让我审视自己的幸福观——在新春!

这个新春最重的一笔也是不得不记的一笔当是我的小儿了！这个从放假就围在我身边，腻在我身上，挥之不去躲之不得的伴儿。所有的幸福快乐和忧伤难过都在他的身上——我称之为幸福的源泉，现在也是我痛苦的归宿。常言讲：七岁八岁讨狗嫌。这话真的没错。我们的老祖宗怎么就这么有智慧呢?！不知从哪天起，专门跟我们作对成了他唯一的游戏和乐趣。然后还坏坏的跟你斗智斗勇，我们想尽一切办法跟他较量，试图找到一种适合他的方法和方式对他进行教育和引导。可是，"不是我们无能，是他太狡猾了！"忍——心字上面一把刀，哪怕这刀是刃，双面的，也认了！怎奈他完全不理这一套，什么用心良苦，什么处心积虑，到了他这儿，全部化为乌有和无奈。等待，忍耐，继续努力！无论如何，我们做父母的要尽到自己的责任，这不仅是对孩子，更是对社会！同时我们也在这个过程中不断的调整和体验我们主观的局限和欠缺，虽然我们也会走弯路，但是教育不是一时一势，不是立竿见影。为什么会有十年树木，百年育人之说。相信努力就会有结果，相信耕耘就会有收获。春天就要来了，正是播撒种子的时候，努力的耕耘，努力的培育，来年的秋天会是硕果累累的丰年！我相信，也希望所有的人都坚信。

　　牛年的新春，更多的应该是播种和耕耘，应该是俯首甘为孺子牛的脚踏实地的精神。

　　这个新春，带着希望去田野吧！

恐惧与谎言

　　儿子出问题了！周末与周一连续两次我被老师叫到学校，原因就是不做作业或者不完成老师的作业，并且还不诚实——撒谎！这让老师们很重视，也认为是非常严重的事。更重要的，以儿子的学习能力和智商水平，这样的现象不是能力问题，是态度问题！

　　我很没面子！我很沮丧！因为我被老师叫到学校的原因是我没有教好自己的孩子，使他在学校出了问题。是因为我很无奈也很无力于解释他为什么这样做？为什么会出现这样我根本想象不到的事——他不应该这样，也不可能这样，我无论如何也无法接受这样的事实。怎么会？如此的出乎我的意料和思维之外！

　　在老师面前，我唯一能做的就是很生气和愤怒的斥责与教训，想把他带回家里，甚至想以不让他上学来教训和惩罚他一下，以达到让他反省和改正的目的。我对他说：你想干什么？不想上学了吗？那好，你收拾东西跟我回家，我让你过几天没有老师讲课，没有作业，没有小朋友和集体的日子。你可以不看书，不学习，想干什么就干什么。我尊重你的所有想法，好吗?！面对他的沉默和那张看上去稚嫩和无助的小脸儿，很无辜的摇着头，我又恨又疼，在他的面前，我不置可否！我无奈和失落，也深深的自责和考问。

　　离开学校，已经是夜里十点多了。因为是周一，很多的事情，没来得及吃晚饭，刚才还辘辘的饥肠被焦虑充斥的没有了一点儿的食欲。不知道怎么走出来的，在灯火辉煌的都市道路上开着车，情绪低落得连夜色都不能够掩盖，我的天黑了！

到底问题出在哪儿？他为什么连完成作业这样起码的常识都不遵守？为什么不诚实的说谎？他在想什么？是什么因素导致了这样的结果？我的脑子就像演电影一样快速的搜索着一系列的镜头，希望找到一些被我忽略的蛛丝马迹以证明这件事的合理性，找到源头。可是直到我回到家，还是一团糨糊，跟老公说了情况，家里顿时就一片阴云密布。

孩子出问题，一定有原因！他不想告诉我们真像一定有他的理由，那个理由到底是什么？他为什么不跟我们沟通和真诚的袒露自己的想法？他不信任我们！为什么不信任我们？他害怕，恐惧！他撒谎也许是因为知道自己是错的，害怕受到惩罚和批评，或者怕爸爸妈妈和老师对自己失望，于是希望瞒天过海，以一个错误去掩盖和逃避另外一个错误。我找了很多的书籍，关于这类的，查遍了网络上关于七八岁孩子的生理特征和心理特征。似乎这样的现象普遍存在，包括不完成作业的现象，一是懒惰，二是有情绪。当然还有很多的其他不同的原因导致这样的现象，比如我们的教育体制和教育环境，现代社会生活方式的改变和家庭教育的优劣，等等。于是，周末，儿子回家的第一件事就是我向儿子承认错误：对不起，妈妈没有尽到责任，你告诉我怎样做，你才能够快乐的去做你应该做的事。你这样做一定有你的理由，能告诉妈妈你为什么这样做吗？……经过长时间的交谈，儿子承认了自己的错误，也讲到了为什么不写作业的原因：一是懒，不想写；二是因为他们班里学习好的同学有时都不写作业。当然撒谎的原因就是我所想到的：恐惧，害怕！既怕老师批评，又怕父母失望。毕竟还是孩子，顾此失彼。不知道什么是最重要的，什么是主次。心锁打开了，我的天也仿佛亮了，头上的那扇窗照进了阳光，也照到了孩子的脸上。我们谈到了每个人都会犯错误，这并不可怕，可怕的是意识到自己的错误而不敢承认，这是勇气和胆略问题。要勇于面对自己的错误和无知，这样才会不犯或者少犯错误。谈到了诚实的习惯会让一个人磊落，会养成一种良好的品德，否则人会变得狭隘、怯懦，还会变成一个不敢面对人生的胆小鬼！你可以做一个犯错误的人，但是不能做一个不讲理的人，一个讲理的人懂得了理就要纠正自己的错误并加以改正。犯错误是不对的，不承认错误就更加的不对，不敢于承认错误是错上加错！知道了这些，也许就会少犯一些错误或者不再犯同样的错误，原谅孩子的无知和错误的同时，我也要不犯同样的错误——那就是：以简单粗暴的方式对待孩子的错误。我想，这不仅是一件事情的处理，更重要的是让孩子潜移默化的看到妈妈如何处理这样的事情。将来他也应该这样去思考和解决自己遇到的问题，也许这是更有意义的潜移默化吧。父母是孩子的第一启蒙老师，要正人先正己！

姐姐在大洋彼岸通过 MSN 视频通话知道了这件事，不免担忧和训教几句。儿子就哭着躲在了书房的板台下，他很不满意于我们这样做：快一年没见到姐姐了，你们就把这件不好的事告诉她……呜呜……喜子爱面子了，知道惭愧了，看来他还是有标准的。于是戏谑地告诉他：知道不好以后就别做了，面子是自己争取的，不是别人给的。原来那个撒谎的背后还有这样的一层看不到的小心思……

自认为自己在孩子的问题上已经很在意和上心了，可回过头来看还是有问题。我们太习惯于我们小时候粗犷的家庭教育和那时朴素的生活状态，并一再的觉得现在的孩子条件太好了，不知足。鉴于这样的主观局限，我们不会将孩子放在平等的，独立的个体去看待。而是有权威的，高高在上的，认为我养活你，给你提供好的教育环境和条件你就应该听我的。不从孩子自身的角度看问题，不尊重他们的个性、情绪和思维方式，不去倾听，平等地对待他的想法。在现时代的背景下，问题儿童就不可避免地出现了。感谢老师，感谢孩子及早的让我意识到了自己在教育上的不足和缺憾，让我更清醒地思考如何为人父母。

　　教育不可复制，教育不能一视同仁。因材施教，因人而异，没有一种教育是万能的，没有一个人生是可以重复的。在养育孩子的同时他也教育着我。感谢挫折，感谢生活，丰富多彩的人生还有很多新的东西需要我们去学习和体验——生命多么美好！

定　　位

　　人生苦短！可谁知道苦短的人生却有那么多无效的光阴在人为的流逝。可见人生相对于价值而言并不"短"，"短"在有价值的时间！！！

　　经常会遇到思绪烦乱，无绪而又有序的时候，当决而又难断！歧途？坎坷？磨难抑或命运？有时，当厄运和不顺来临时，当常人均认为你已临劣势并遭遇坎坷时，我恰恰觉得幸运，幸运于我还能主动承受厄运，幸运于我还能在厄运面前看到我灿烂的势头，我的前程及追求！我的未来不是梦。

　　太平静的生活缺乏激情；

　　太安逸的现状消磨斗志；

　　太艰难的路途使人退却；

　　太坚强的心容易受伤。

　　定位！两个字，稍有文化的人便写得。可哪里知道，人一生都在写，却又有几人能写好?!

　　常言道：天才入错行也是一个庸材（或蠢材）。如果不能选择做一个天才，那可能只有蠢材或庸材可选。要知道：

　　天才 = 努力 + 机遇

　　机遇，可遇不可求！不仅可遇，而且要可抓，人一生能够抓住一次大的机遇可谓大幸啊！如果是大变革的时代，那就是创造英雄的时代，时势造英雄。

　　辩证唯物论讲，世界就是一个矛盾对立的统一体，而每个人的个体也当是一个世界，当这个内心世界充满矛盾对立的时候，人就会像要被撕裂般的痛，身心俱焚，方能炼化出一个相对的统一体，而这统一又是多么的短暂和难求啊！

孤魂野鬼抑或闲云野鹤！当一个人的心灵孤零零的在夜空中漫无目的的游荡时，肉身只与形而存，灵在哪儿？去哪里找回灵魂？又将它安置何处?!

身体的痛可治可愈，心里的痛要以彻悟为代价方能痊愈！

我愿做一个行者，因为行者无疆；

我愿做一个智者，因为智者无惑；

我愿做一个圣者，因为圣者无暇。

但是现实中的你，又将作何阶段的角色呢?

欲我所欲

为我当为

取之有道

如此，定位！

小小摄影

　　一个五岁的小孩，手里的相机还拿不稳，他竟然有模有样的在拍摄！

　　他的周围还有一群携带专业摄影器材的摄影者，是来自日本的，看上去像是一群业余的摄影爱好者。

　　这里是北京最西边的一处兼草原风光和西藏特色于一体的风景区。在北京的盛夏，这里的温度能相差10度左右，是一个避暑纳凉的好去处。

　　从北京的门头沟一路走来，顺着109国道，感受最深的是路旁的公共卫生间。全国走了那么多地方，还从没有见到如此多且规范的公厕，并且一水儿的叫公共卫生间。很感慨，为了检验一下它是否表里如一，我们还下去"视察"了一番。结果还好，不是很差。但是出了门头沟向国道走，没有人烟处依然有如此卫生间却显得多少有点多余。而且109国道几乎就是山道，又窄又弯，路况很是凶险。说它凶险还因为一路的山体滑坡几乎都没有做护坡，有的竟然是断岩层悬出路面，让人心惊胆战。最可怕的是走进山里的路竟然在做"路牙子"，那种只有城区道路才做的用来隔离行人与机动车的路牙子。这让我们很觉得匪夷所思，山里的道路，两端斜坡似的顺势而下，既排雨水又可错车急用，为什么要做这个呢？最重要的，走过了一路我们突然醒悟，这条路上还有一个现象就是探头巨多，而且时速在40公里以下……到底是为民办好事还是？……

　　初见公厕，赞誉有加；再见路牙，疑惑丛生；感受探头，恍然大悟。行政事务无处不在，无为而为无处不为，有用而用无处不用！

　　风景区内，虽称不上高原风光，却也是凉风习习，草青气爽，坐索道上去，怡神静气。一路上还看到颇有创意的新人到此拍婚纱照，羡煞人也！还有当地的农民牵马揽客，但是在缆车的出口明显的写着牌子：草地骑马危险，责任自负！还有那些摄影的日本人……本来在山上我们还想，以后还要来，并且带几个朋友一起，不仅要玩，还要住宿。可是一路的走下来，这个兴致被打消得无影无踪。山野之处，看的就是一个山野的情趣，要的就是一份放松的心情和雅致，可是那处处提醒你的探头和马路牙子让你紧张，不仅不放松，反而平添了一份烦恼。让自然的归于自然，让规范的尽量规范，社会文明最后的目的是为了让人与自然和谐共处，而不是让人们再也找不到自由的放松。如果一切都被禁锢了，还会有千里马吗?！如果反璞了依然不能够感受到真，人生追求什么样的境界才能够找到真?！

　　五岁的孩子拿着相机，他眼里的世界是什么样子？我们应该让他看到什么?！那些日本人拍下的除了大好河山的美丽景色，还有什么？我们希望他回去后说些什么？

　　中国印象……

读《朗读者》

看到《朗读者》这本书，是书名和装潢首先打动了我。于是我开始读，刚刚看了序，便忍不住地激动，急于写点什么，那是一种久违了的冲动，一种共鸣下产生的不得不写的冲动，直到今天我读完了这本书，还是抑制不住要写，而且必须写，因为我放不下……

在序中，序言的作者提到了这样的句子：

"阅读趣味与文学理念；"

"喜欢《朗读者》的那份庄重；"

"严肃的主题、严肃的思考与严肃的言语，没有无谓的调侃、轻佻的嬉笑和缺少智慧的所谓诙谐。"

"这是一部典型的德国作品。"

接下来我不得不引用一段话，因为我无法用另外的其他任何文字来表达我对这段话内容的描述和认同：

"阅读这样的作品，容不得有半点轻浮的联想，而阅读之后就只有一番肃然起敬。我一直将庄重之风气看成文学应当具有的主流风气。一个国家，一个民族的文学，应当对此有所把持。倘若不是，而是一味的玩闹，一味的逗乐，甚至公开拿庄重开涮，我以为这样的文学格局是值得怀疑的。我们看到，绝大部分经典，其实都具有宗教文本的风气，而宗教文本不可能不是庄重的文本。《朗读者》此时此刻在中国的再次登场，具有不同寻常的意义。因为各种各样的原因，当下中国大概是这个世界上一个超级享乐主义大国，同时又是一个怀疑主义的大国。流气在我们周遭的每一寸空气中飘散着。一次朋友的聚会，一个会议的召开，我们已经很难再有进入庄重氛围的机遇。甚至是一个本就应当庄重的场合，也已无法庄重。嬉笑声荡彻在无边的空气中。到处是低级趣味的笑话，到处是赤裸裸的段子，人与人的见面无非就是玩笑与没完没了的调侃，说话没正经已经成为风尚。我们在流动不止的世俗生活中，已经很少再有庄重的体验。一切看上去都是可笑的，一切都是可以加以戏弄的。一个本就没有宗教感的国家，变得更加的肆无忌惮，更加的缺乏神圣感。一个人可以成为痞子，而一个国家一个民族也可以成为一个痞子国家或民族吗？在这样的语境中，中国文学不仅没有把持住自己，引领国民走向雅致，走向风度，走向修养与智慧，而是每况愈下的世风，步步向下，甚至推波助澜。……在这样的语境中，现在我们来读这样一部庄重的文本，实在是一种调整，一种洗礼。

　　这部小说的迷人之处还在于它的丰富与多义。"……

原谅我这样大段的引用原文，在输入时，我认真地打每一个字，既是重读，又是庄重的态度，唯恐打错一个字，也许这刚刚是学会庄重的开始……

　　小说的内容涉及第二次世界大战，涉及宗教，涉及历史的反观和思考，涉及法律与审判，涉及爱情，涉及不寻常的男女主人公的一生，因为朗读而带来的一切直至女主人公生命的结束。情节的设置很平淡，主人公也不过是平常的人——在第二次世界大战、在战后的和平的日子里。人生的命运因不识字而朗读，而一个不会读不会写的人却因"起草了一份文件"而被判终身监禁，在监狱里过着近乎修女般生活的她又因着有朗读者的磁带而学会了读和写，就在人生18个春秋已过可以获得自由的时候，女主人公自杀了！小说对第二次世界大战事件描述的内容可能是第二次世界大战期间作品的很多事件的翻版，但是通篇挥之不去的是不断的怀疑和反省，可贵的是那种自我批判，来自于灵魂而非世俗和道德的。与第二次世界大战无关，与时代无关，与国度和现实生活无关。真实且真诚的，无怨无悔的自我解剖、反思和平凡的帮助。

由朗读者，我读出了自己不敢贸然去做一些事情（尤其是写点什么时）的原因，因为庄重；

由朗读者，我读出了为什么当下什么人都可以写书，敢于写书，因为浮躁和流气；

由朗读者，我读出了为什么很多人不读书，尤其不读那些经典的书，因为无法庄重；

由朗读者，我读出了庄重背后真正的享受以及表面浮躁形式背后隐藏的悲哀和痞子习气；

由朗读者，我朗读着自己也朗读着别人，因着朗读别人经常忘记自己，因着朗读自己经常看到他人；

由朗读者，我看到极尽压抑的背后不是流气、享乐和简单的怀疑，而是庄重、深刻的剖白而走向雅致、修养和智慧，以致走向信仰……

由朗读者，我朗读着……

出 世 入 世

听郑钧的歌《无为》、《塑料的玫瑰花》、《私奔》、《商品社会》，都会有一种冲动，一种离世的出世感。

　　我无为又无所不为，

　　我在梦游，

　　我在沉睡……

　　我就这样在不知不觉中

　　耗费了我的激情

　　我就这样在不知不觉中

　　浪费了我的生命

　　我可悲 也不可悲

　　可悲的是这苦难的轮回

歌声很无奈也很悲观，但是写的是二十岁面孔下的两千年的心情，有谁知道？我无为却想无所不为……

　　这城市里

　　开满了塑料的玫瑰花……

　　冷酷而又美丽塑料的玫瑰花

　　凝固的笑容下有多少心在挣扎

　　过来过来在我身边坐下别说话别说话

都市冰凉的钢筋混凝土下人情的冷落，真我的遗失，渴望温暖的人情和真诚，静静的享受那种真正的花香，沁人心脾。

　　把青春献给身后那座，辉煌的都市，

为了这个美梦，我们付出着代价

把爱情留给我身边最真心的姑娘

你陪我歌唱，你陪我流浪，陪我两败俱伤

一直到现在，才突然明白

我梦寐以求，是真爱和自由

想带上你私奔，奔向最遥远城镇

想带上你私奔，去做最幸福的人

在熟悉的异乡，我将自己一年年流放

穿过鲜花，走过荆棘，只为自由之地

在欲望的城市，你就是我最后的信仰

洁白如一道喜乐的光芒将我心照亮

不要再悲伤，我看到了希望

你是否还有勇气，随着我离去

想带上你私奔，奔向最遥远城镇

想带上你私奔，去做最幸福的人

带上你私奔

带上你私奔

出世的内心在入世后的反叛，在极致的追求背后希望一道喜乐的光芒将我的心照亮。追求俗世的幸福却发现幸福丢了！

为了我的虚荣心 我把自己出卖

用自由换回来沉甸甸的钱

以便能够跻身在

商品社会 欲望社会

商品社会 令人疯狂的社会

热热闹闹人们很高兴欲望在膨胀

你变得越来越忙可我卖得更疯狂

商品社会 欲望社会

商品社会没有怜悯的社会……

摇滚作为一种音乐形式的存在有它独特的音乐符号和表现形式，但是更加吸引我的却是它的歌词，一种哲学的怀疑和批判的态度以及提出问题的方式，让人去思考，去回味，却是用着那样放浪形骸的表现，让很多人误解为消极与堕落。甚至认为他们是疯子，这在某种意义上来讲与哲学家有一比，就像尼采多数人认为他是疯子一样。还记得我刚刚听了崔健的《无能的力量》专辑中的第一首歌《混子》时，在房间里撵着我的朋友拿着歌词给她念，兴奋得与她一起分享那意蕴。但是现今的流行乐坛还有多少值得回味的东西。"热热闹闹人们很高兴，欲望在膨胀"，现实生活的写照！有多少人，人在其中，心却渴望自由与洒脱。我不禁经常想，如果一个人不入世的追求物质生活和满足自己现实的欲望与要求，那么责任与义务如何承担？但是在承担了责任与义务的同时又实现着什么样的价值？又应该怎样界定这价值？追求物欲又逃避欲望，得到了辉煌的都市，又想奔向遥远的城镇。为了什么样的虚荣心，出卖的又是怎样的自己？那个真实的自我和现实中的我，流放在"熟悉的异乡"是怎样的相伴着，歌唱、流浪，然后两败俱伤？……

活着，丰富而繁杂的社会，人们走过，经历着，能让你感慨，动心，思考和共鸣着的必是那能够震撼你内心世界的，感慨过后，我们还要继续跻身在商品社会，偶尔，出世的听一下私奔，让心带上你私奔，去做最幸福的人……

以出世心，做入世事，我无为却想无所不为……

整 理 心 情

　　办公桌乱了，每天上下班时我们会习惯的整理一下；衣柜我们也会随季节不同整理，将不同季节的服饰应季的整理好以打扮不同季节的心情；房间用过了，我们会适时地抽时间打扫和整理，以制造一个环境和氛围……那么，心情呢？你什么时间整理心情？有没有心情整理？又要整理到什么状态？

　　人们一以贯之的生活，不同的年龄和时期有不同的任务，似乎人生下来就有那么一种模式是要像规律一样进行下去的。婴幼儿，童年，少年，青年，中年一直到老年，什么时期做什么事，似乎有定律。可社会的进步和发展又给了人们太多的自由选择的机会。舞台大了，角色多了，机会多了，烦恼自然也伴随着多了……

　　有一个歌手在唱到自己成名后心情时说：得到越多，失去越多，我比从前越来越寂寞……

　　有时开车疾驰在高速公路上，车轮飞奔，好像前方有着一个令人着魔的天堂在等着你，来不及看经过了什么，自然也就不知道心理感受了什么。偶然的一天，突然看到反光镜里的镜像是那么的美，美得不能用镜头拍下来，再看眼前，转瞬即逝的风景无处不在。我不禁问自己：我要干什么去？去哪里？寻找什么？想要得到什么？拼命的工作，赚钱，积攒假期，为了能够旅行，而这现实中无处不在的风景上哪儿的旅游景点去找呢？！此情、此景、此境、此感，我心！

　　忙忙碌碌的背后我们到底要什么？一个个的过程经过以后，除了那现实中留下来的具体而微的物质形态的东西，还有什么？整理心情，开始下一步的计划！

凡事有始有终，有开始就会有结束。任何事物的发展都会遵从发生、发展、高潮、结束的过程，而这样的过程结束后又将有一个新的开始。这个开始有些人是不断重复的，有些人是完全割裂的，还有的人是连续而不间断的。这要看人们的终极目标是什么。但是无论如何，无论你从事什么行业，目标是远是近，整理心情却是任何人都需要的。

整理心情，在你忙乱的时候；

整理心情，在你赋闲的时候；

整理心情，在你筹谋计划的时候；

整理心情，在你无所不在的时间。

这样，你就会经常保持一个清醒的头脑，一种轻松自在的状态，一方属于自己的天地，一种不会轻易迷乱的生活方式，一颗自在洒脱的心……这——尤其重要，活着，就是一种整理，重要的是要有整理的意识和能力，整理着，认识着，行动着，调整着，这个过程就是自我认识和定位的一个过程。人生将在这样的过程中开场和谢幕！

整理心情，整理自己，始终是你！

轻　浮

　　现今的社会，流行风越来越重，浮躁与趋同像传染病，或者准确地说像非典和禽流感，无处不在，无一幸免，像一场不可抗力充斥在空气中。从个体到群体，从机关到企业，甚至艺术也无一例外的不能够免俗。

　　不是吗？看看超女的流行，几乎炒作得让人不得不接受这样一个事实：天上可以掉馅饼！这让我觉得有点儿像"人定胜天"。再看所谓的"恶搞"事件，刚刚的一个馒头（无极）事件余波未平，又来了晚饭（夜宴）。不知会不会还有"午餐"?！一场馒头事件使知名导演被网上查了个底儿掉，甚至"家里的"沉默的没有人提起的"过去"也来参战，似乎一场曾经未了的恩怨要在这儿一吐为快，这也有点儿"文化大革命"的味道。但是后果是愚人娱己，落了个大家都出名的皆大欢喜。历史的重演，结局却是由极重到极轻的。如今夜宴刚刚开场，就开始了又一场极不和谐和友好的恶搞。以贺岁片著名的北京的导演要以所谓强大的阵容做冲刺奥斯卡的"大片"，媒体与观众却带着贺岁轻松的心态与挑剔的眼光看演员的冷幽默。当双方在意识上有了落差的时候，一说考察媒体，一说因为爱他才挑剔它。最惨的当属演员了，演了那么多年的电影，一下子无辜的变成了一个小品演员，这不能不说是一种讽刺……

　　这个社会怎么了？好好的孩子，不是追求正常的学业和正常的青春飞扬的生活，在商业炒作的策划下把自己搞得不伦不类的期望一夜成名，就像某位超女的母亲说的：家有超女是一场灾难。甚至有报道称，因为成为超女，孩子们放弃高考，大有条条道路通罗马的勇气。殊不知，创新与挑战是要有基础和条件的，是要尊重点儿什么的，而不是一味的放弃。这样付出的代价是孩子们无法想象的，而我们的社会和成人肩负的教育的使命哪儿去了？除了尊重孩子的选择是不是还有引导和教育的责任？

看看电视听听广播念念报纸吧，高、大、强，更高、更好、更快，最高、最好、最快充斥着你的视觉听觉神经，娱乐更是无所不用其极。中国人终于可以释放了。释放得变成了超级享乐大国。曾经的因严肃地、严谨的风格著名的导演一改过去的风格变脸了，拍无极了，于是他的生活也就跟着"无极限"了。拍《卧虎藏龙》的获了奖，我们的导演就要拍《英雄》，就要拍《夜宴》，就要拍《黄金甲》，似乎披上了古装的外衣就包藏了自己的"薄"，就会变得厚重了，有内涵了？还是有票房了？曾经的古装戏有借古讽今的味道，有借古喻今和警示的味道，如今却变成了商业工具。不伦不类，语无伦次，不尊重历史，不尊重语言，不尊重时代和文化，无所不用其极的通俗化。写到这里，我想起了那个将历史以相声形式评说，以评书形式断章的满足观众好奇心和野史的栏目，恐怕就是古装戏的一个产业链。它让我想到"媚俗"，为中国文化感到悲哀，为那些披着学者的外衣而没有治学态度和精神的人感到可耻。痛心啊！那么经典的文化竟产出了这样的垃圾。在媚俗的流气下，我们的著名的导演也不能够免俗，大家都要生存嘛?！凭什么我搞艺术就不能发财？当一部电影、一部文艺作品、一部文学著作的最终价值落在金钱上时，当艺术家和作家、讲师都变成了商人，当这个社会的价值观同一到了一切以金钱说话的地步，所有的真言就变成了赤裸裸的谎言。经营——精英商业经营，金钱的奴隶。可悲啊！

我们要向哪里去？我们在追求什么？我们满足了最基本的生存之后，要追求什么样的价值？艺术的意义仅在于票房和观众吗？沉下来思考一下，来点儿有分量的东西，给世人留一点儿思考，给子孙后代留一点儿空间，让他们在我们创造的精神世界里快乐一点而不是狂躁的没了自己。轻浮的背后我们难道真的得到了轻松吗？

也许最沉重的负担同时也是一种生活最为充实的象征，负担越重，我们的生活就越贴近大地，越趋近真切和实在。

沉下来，没有灵感就不出作品；沉下来，出了作品让观众去评判，你只有反思和提高的份儿；沉下来，在自己有困惑的时候，去思考，然后负责任的将自己的真实和盘托出，哪怕让观众与你一起困惑和思考；本来《不见不散》、《甲方乙方》、《没完没了》就挺好，就像赵本山，我卖拐、卖车、卖担架，无论如何，我就是农民的代表，我不离开那片土地，就不失去我自己。无论是当年的走穴的二人转，还是现在央视的全国人民的期待，我就是我，植根于自己的魂。当大家期待的大腕儿导演不再是他们的时候，观众会期待他们回来，会想念他们的风格，即使老生常谈，那是一种植根于生活土壤和文化根基的文化，是特质，是个性。也许一部片子的隆重出场是没有宣传，没有策划与包装，没有铺张的奢华的首映，也许在现时一出手便赢了，赢在朴实、赢在不轻浮、赢在不媚俗而特立独行的艺术特质……

也许，沉默的导演，沉默的演员，会带来极佳的票房。无心插柳柳成荫，顺其自然，自然而然。

轻浮带来了真正的沉重！压得我们透不过气来……

拾　　贝

（一）

你不能表现的太完美，那样所有的人都会因为你不真实和感到压力而离你而去；

你又不能不尽力表现完美，因为如果不表现别人就意识不到你的价值，反多了很多误解和麻烦。

这样的悖论，这样的矛盾，这样的成熟——中年的无奈与现实！

（二）

当一个人以别人的价值标准来评判自己的时候，已然就表现了不自信！

心里虚，行为上无以实！这个实与虚在不同的层面上表现不同，物质上的虚与心理上的虚是修行的结果，得到的果报自然大不同！

实则为虚，

物极必反！

（三）

我只知道我该做什么和能做什么，而不去想得到什么和成为什么！

明天，让必然去写就！
得之我幸，失之我命！

（四）

如果我们高兴了不笑，痛苦了不哭，悲伤了不倾诉，欣喜了不共享，那么我们活着的象征在哪儿呢？

我们反省是为了解惑，体验反省的痛苦是为了心里不再痛苦。

我们能够感觉到痛是因为我们还没有麻木，证明我们还活着！

（五）

如果一个人坚信自己始终是为了追求理想而活着，始终坚信自己的理想是负有一定的责任感和使命感的，并且始终坚信这个理想一定能够实现，那么，他就有了信仰！

即使这个理想在他有生之年不能够实现，那他也是成功的！

云在青天水在瓶

让我一气呵成不忍放下的看一部电视连续剧，这还是首次。46集，每集 41 分钟左右，一连看了三天，到凌晨 4：00 结束。意犹未尽……

是什么，如此地吸引我？又是什么，如此的被吸引？所谓意犹未尽恰恰就在这里。

古装戏现在太多了，打开电视机几乎有三分之二的戏是古装，而古装戏里又有三分之二的戏是演朝廷的宫内戏。少不了皇帝、太监、大臣和女人。那天打开电视，看到《大明王朝 1566》是偶然的，但一下子就被吸引了……

《大明王朝 1566》还有一个副标题就是嘉靖和海瑞，讲述的是明朝嘉靖年间的事。故事一波三折，跌宕起伏，众多的人物、事件、情节，可以说是几条线索多头并进却不乱。闭关玄修二十年不上朝的嘉靖帝，却无事不知无事不晓，好一个"大隐于朝"；"无父无君，弃国弃家"的结论是下给海瑞的，却也是下给所有人的，何为父君？何为国家？大父小君，小国大家？还是小父大君，大国小家？那个海刚峰，海笔架到底是国之利剑？还是天之神剑？该杀还是该留给明君？一个公公竟能够说出"思危、思退、思变"的三思之诠释，处处留后路，点点藏玄机。整个浙江，从上到下，关键的时候竟然都败倒在一个商人的手里，还有一个江南艺妓的推波助澜。政治斗争到了最残酷的时候，全身而退的保全了性命，欲罢不能的丢官、装疯卖傻、掉脑袋，一个个鲜活的人物，从嘉靖帝到严嵩、严世藩的内阁，从嘉靖的唯一的王储裕王爷、皇孙世子到徐阶、高拱、张居正等老师、大臣，从司礼监的吕公公、陈公公到黄公公、石公公、冯宝，从浙江巡抚、浙直总督胡忠宪到赵贞吉、杭州织造局总管太监杨金水、商人沈一石、杭州府台高翰文、知县海瑞、王用汲……还有海母、海妻、齐大柱、大柱媳妇等等，无不个性十足、鲜活丰满的占据你的视线和思维。使你目不暇接，不知谁是主角，谁又该是配角。除了戏份的安排，还有就是演员的演绎。通篇看完，你会发现这部剧最大的不同在于几乎没有偶像类演员，全是实力派的演技，过瘾！其实不仅仅是演技，那个认真地劲儿，好像整个剧组就是那段历史。当然，其中最经典的还要数陈宝国，虽然演了那么多皇帝了，我也看了那么多了，但是这次应该是让他过足了戏瘾，演员也许不在戏份多少，关键要看是不是有挑战性。通剧演皇帝，却只是在最后一集方穿一件龙袍，一直是道袍，且让人感觉神叨叨的。那些道德经在他的嘴里和言行上始终一贯的表露着。而最后的安排，对帝王执政的精彩诠释将全局引向了高潮，令人不得不佩服编剧的深刻。如何深刻，去看了便知。

记忆最深的是唐李翱的那首诗：练得身形似鹤形，千株松下两函经。我来问道无余说，云在青天水在瓶。

太多太多可圈可点的地方，不知怎样表达，就借一句：云在青天水在瓶！结了吧，看了吧，如今的社会，这样的剧目，堪称一绝！

我喜欢，意犹未尽……

扮　演

人生就是一场戏！

看你什么时候遇到什么样的编剧和导演，跟什么样的剧组和演员一起做什么角色。什么样的舞台，什么样的剧情，演出一场多长时间的戏。不同的场景和剧情让你有不同的人生体验，不过是一场戏！

只是，看你是否甘心情愿地去扮演，投入的去接受各种剧情的安排。

如果，我们上演的是一出自编自导自演的剧目，那么我们要承担和享受的除了角色所带来的一切，还有因编导而要承担的一切责任。在享受的过程中，还有太多的体验是你预期不曾料想得到的。苦与乐同甘！

如果，我们只扮演其中一个角色，单纯的、简单的做好一件事就好。省掉了很多麻烦也放弃了很多享受，最重要的是要听从导演的安排，不能自主。如果是一个能够让你在表演的时候给你自我发挥空间的导演，你是幸运的。不然你就是机器！

人生就是一场戏，你方唱罢我登场，好与不好，要看观众的评判，我们只能身在其中。

不识庐山真面目，只缘身在此山中……

心态——从应聘说开去

看了一篇小文，题目叫做《面试：花三分钟感谢》。大概意思是一次外资企业的面试，经过激烈角逐，过五关斩六将后，剩下五个人。最后一次考试的几天后，有一位女孩收到了一封邮件，被告知落选了。但是信的语气和内容很客气并感谢她的信任和努力，在欣赏其才学和能力的同时，因名额有限，暂不录用。如果公司再招人一定会优先考虑，而且承诺会将她的材料原封退回……最后还附有该公司产品的优惠券一份作为感谢。这个女孩在伤心之余，又为公司的诚意感动。两天后她收到了寄给她的材料和一份优惠券。于是她顺手用了三分钟的时间给该公司发了一封简短的感谢信。两个星期后，她得到了那份工作！原来，那封邮件是最后一道考题！公司给其他的四人也同时发了同样的邮件，但是只有她回了一封感谢信……

看似简单的一封邮件，看似顺手拈来的一个感谢，却得到了一个与众不同的结果。也许，在应聘的路上，太多的人为了那张要命的文凭，为了将简历写的华丽而充实，为了面试时的一张脸或者一套衣服，花去了太多的时间，而想不到在落选后将那最重要的一笔写完。三分钟，也许更短，命运的道班就在这儿启动。也许，会有很多人说，我怎么碰不到这样的事情？其实，这样的事情在我们身边随时都在发生，重要的是一个心态！一个良好的修养，得而不喜，失而不忧的淡泊。不以一时的失败就懊恼的心态，还有，最重要的有一颗感恩的心！这女孩赢在心态上，赢在良好的素养和品德上。这样的应聘题考的是德与才。

人生就是一场由无数次的应聘组成的职场，每个人在不同的阶段都要去应试。目的都是一样的，就是达到自己的目标。有的人很顺利，得到了就义无反顾地去从业，而且从一而终的执著的做下去，无论遇到什么样的坎坷，无论在什么样的职位上，都会风雨同舟的走下去。似乎这样的一次应聘就找到了自己一生的群体和事业。也许这样的人是最幸福的。不管做到什么程度他无疑都是成功的，因为他找到了自己的位置。有的人一生要经历无数次的应聘，在应聘的过程中考验自己也确立自己，但是无论如何，最终那个应聘你的还是你自己。改变意味着不满于现状，意味着订立新的目标然后找到实现目标的环境和办法，这就要保持一个良好的心态，一个自信的，感恩的，不断挑战自我和完善自我的一个心态，不然你会一事无成。

不是吗？现如今一个大学生要去应聘，先参加一个什么自我推销会，又是亲友团，又是做各种准备包装自己，搞得好像是在表演——对，表演！脑子里迸出这个词让我很兴奋，表面文章做的很多，不就是当今社会的一个缩影吗？浮躁、个性、表现、包装、推销、竞争、PK……试问，没有真才实学，没有生活实践，没有基本的踏实做人和做事的作风，没有客观的自我的认识和评价，走向职场，拿什么来拯救你——?!

从一篇小文看应聘，从应聘看人的心态，那个"宁静致远，淡泊明志"的修为是不是显得极为重要和迫不及待?!

沉下来，这个社会需要沉静的思考，扎实的修炼，需要无为无不为的心态。还有一句话：不患人之不己知，患己之不能也。是金子总有发光的时候，被埋没的只是伪劣产品。

我来问道无余说，云在青天水在瓶……

真诚几许　几许真诚

　　丝毫不要怀疑我的坦率与真诚！如果我没有表达清楚，只是因为自己主观意识不到位或语言贫乏；如果我做错了什么，不小心伤害了谁，只是因为认识或能力不足，而绝非主观故意而为之……

　　每个人都有它的主观局限性和发展过程不同阶段的表现。人生几十年，是一条相互联系又九曲十八弯的长河，即使有狭窄干涸的地方，那条生命之水也要淌过。岁月如梭，只有走过一条漫长的苦涩之旅，方可领悟到生命真正的"意义"。很多道理谁都知"到"，可如果没有实践，没有实践后的反思，又有几个人能知"道"?!

　　多少次，一场大戏落下帷幕之后，当鲜花、掌声、灯光、音响、演员、观众一并谢幕之后，再回味那剧情和演出的过程，多少缺憾，多少不足，甚至多少差强人意和不尽事理的地方。让我感谢观众的欣赏与宽容，是这样的尊重和包涵鼓励我完成一场表演；感谢所有同台演出的人们，没有大家的相互支持与配合，人生的独角戏是没有精彩可言的。虽然同台配合的人角色各异，但却都给了我不同的养分和指点，当我回忆起那一幕幕剧情的时候，我甚至想不起自己的样子，看到的却是唱对手戏的一个个伙伴；还有那些默默地承担着幕后工作的搭起舞台撑起架子的人们，他们的存在让我心里沉甸甸的，即踏实又有压力。让我不敢有须臾的差失和怠慢——因为你的失误是对他们最大的不敬……

　　其实最应该感谢的是总编剧和导演，那个委你以重任，给你机会并且将期望托付给你的人！有时，这个过程中的一切努力在小我和现实的层面，也许标准的含义就在于让所有努力和表现接近那个期望值吧！每一出戏都有它特定的剧情和要求，在这一刻，达到和满足这样的要求和希望就是我唯一的标准和任务。大幕落下，寻找一个评判的时候，也许最想听到的是："我们做了我们能做的一切，让我们继续开始上演新的剧目吧！"不管它是连续的还是独立的，剧情是新的，人却是经历着默契和不断考验一同走过的。遇到一个知遇的人是多么令人知足和幸福啊！于是，在感谢的同时还有惭愧，惭愧于那过程中的异见、疑惑与矛盾，但同时又庆幸，如果一切都是那么的平静和守循，编剧和导演岂不成了独裁，不仅专断而且也孤独。演员岂不成了傀儡和玩偶，重要的是，能够真实的表达不同的意见既是一种互补和宽容，又是一种认真负责的态度——不同是为了大同。更重要的是，无论如何，可以上演一出大家相对满意的大戏，真正的精彩也许更在于此吧！在开始接受新的剧情准备投入演出的时候，我扪心自问：如果让这出戏重新开始，你会怎么演？答案很肯定：我还会这样演！一切都顺理成章而又恰到好处。有理有据有节！即使因为不同，因为差异有一些即兴表演的成分，那也是用心真诚的流露。只要戏可以完美地收场，又何在乎一两次意外的心跳。如果一切都被设计得那么完美无缺，艺术又何来遗憾之说?！生活本就是最高的艺术。

于是，接受，感谢！能够被容许和宽容的唯有真诚。将自己的心赤裸裸的呈现出来，如果它受伤了，是因为它有可伤之处，那么就来吧，伤过之后会变得更加完美和坚强！如烟往事俱忘却，心底无私天地宽。

真诚几许——几许真诚。真诚是把利剑，扎谁谁出血。

至少，血是热的！

忠 言 逆 耳

苦口的未必是良药，忠言却一定逆耳！

古语有句话讲：良药苦口，忠言逆耳。意思是说要想治病就得吃药，而那些最苦的药恰恰是能够治病的，当然这是指的过去的中药，不是指那些带有糖衣或糖浆的西药。而就此理推出要想治心理或思想上的病就像吃苦药一样，要听得进逆耳的话。所谓逆耳就是不中听的，批评的、否定的甚至是完全不顾礼节而直率的。也说明人要得到一点儿道理，明白一些事理也是不容易的。毕竟，谁都爱听好听的话，爱听顺耳的话。物极必反也许在这一点上也是有道理的。

人年轻的时候，听不进去忠言，一来是因为气盛，二来是因为无知，所谓无知者无畏。不懂得利害也就不怕什么。当然，年轻的无知无畏也造就了创新和勇气，成就了很多创造和历史。人到中年，太成熟和丰富以后有时会畏首畏尾，这也是听不进逆耳的忠言，是因为自己已经对社会有了一些基本的认识和主观的判断，更何况这时还有一定的实力和势力时就更加的难以听进去什么了。及至到了老年，恍然大悟，那逆耳的忠言一句胜万言，听与不听只在一念，而人生却谬之千里之外，于是感叹，却已无逆耳忠言可听，满耳间听到的都是顺耳但不中用的话了……想对晚辈们说点儿什么，刚要启齿，想想自己的人生，罢罢罢，古来如此，人生如此，造物主造人就是如此的轮回吧?! 于是，但见年轻人夸夸其谈，老人们却三缄其口。

生活里有几个学哲学的朋友，无论是科班出身的还是业余爱好的，都有一个共同点，那就是：爱"蜇人"！而且一蜇就痛，痛进心底。

怀疑和批判的态度在这样的关系中表现得淋漓尽致。每每被蜇的时候，心里极不舒服，甚至下决心不交这样的朋友了，可转念一想，没有这样的朋友上哪儿找人一蜇一个准儿，能够让你反思，让你不断进步，让你发现自己的不足和缺陷。不批判自己，又如何提升呢？身边不缺少说奉承话的人，能够辨别忠言说明自己还清醒，还可教，还会进步。于是，生气之余还要听逆耳的忠言。只是，心里的那点儿"小"还是照样的不舒服。可见，能听进去一点儿忠言是多么的不容易！可人与人的差别也许就在这一点儿，这一念之差。于是，感谢忠言！感谢蜇人的朋友！感谢自己可以逆耳听忠言！或许，鲁迅先生的"人生得一知己足矣，斯世当以同怀视之"即指的是这样说逆耳忠言的人吧。吃得苦中苦，方为人上人，那苦之中最重的一定是"忠言"！

苦口的未必是良药，忠言却一定逆耳！吃进这副药，也定是良药了。治病更治心！

我的未来不是梦

总是有些这样的时候
正是为了追寻
才悄悄地舍弃
目光下的踯躅
睡梦里的徘徊
心中最渴望的生活
常常 说不明白

如果能够静谧
何必选择嘈杂
如果能够洒脱
何必选择纷扰
悠然是一种满足
回家是一种快乐

数载磨砺，心血铸成
只知怀揣远大志向
心存高远而不知何为
真想插上翅膀
奋飞于广阔的蓝天
干一番惊天动地

否定自我的痛苦
现实压抑的磨难
痛定思痛的思考
浮躁的心绪已弥漫于四季
观心低头执著已成莲花
差异与压抑
造就独立思考的个性

曾经的、拥有的
一切从零
个体的自我没有价值
社会的认可才体现价值
也许，这价值的体现
要以现实的打破为代价
也许，注定以失落告终
但我依然执著
我的未来不是梦

我们都曾经年少

我们都曾经爱笑

笑什么自己也不知道

却笑得月亮都弯下了腰

却笑得大家都莫名其妙……

这是台湾的一个艺人侯德健的一首歌词，六十年代的人大多会有印象。那时候，我是用手抄的方式记录在了自己的文摘本上。说到文摘本，可能现在的孩子们已经不知道是什么了。因为那时没有太多的机会和书籍供我们阅读，所以只要看到一本所谓的课外书就如饥似渴的借来看，并且视如珍宝的将那些自己觉得好的东西抄下来，不管有多长。然后可以再还给别人或者给下一个排队的人以后，还可以反复的拿出来读，心里别提多美了！最重要的，那时每个班级都会有板报，我承担了那个任务很久。之所以可以有东西去写，就是因为那一点点可怜的文摘。到时可派上大用场了。等到同学们放学了，跟办板报的同学一起，将那些只言片语的名言或自认为经典的东西配上小图案用粉笔，写在用水泥涂的黑板上。第二天下课时，那里就会站满了同学们，或品头评足，或欣赏阅读。每每那时，就会心花怒放，特别美，特有"成就感"（那时还没有这个词，也不懂）。

若干年后，走进商界，混迹于商场，在工作中遇到了叫广告设计和宣传的东西，本着爱好试着干下去，竟然收获颇丰。省了一大笔设计费不说，反而发展和增强了很多别人没有的灵感。当然，它只是我工作中的一部分辅助，并不是主业，离专业就差得更远了。但是作用却是不可忽视的。回想起这样的经历，反思这能力的积累，竟然发现它源于那些文摘和板报。有限的资源，有限的空间和读物，有限而无意的锻炼，竟然给我的职业生涯带来了这样意想不到的收获。于是，感慨于命运的积累。也突然发现，其实什么事情都不会白做，人生的任何一段经历都是财富，都是准备，都是有原因的。所以，想到现在的孩子们，物质富足，书本成山，网络信息更是无处不在，还有那具有强烈冲击力的视觉享受，是不是失去了偷着记文摘的乐趣，失去了享受有限资源的乐趣，也失去了积累能力的机会?!

太容易得到的反而轻易的不自觉地就失去了。

但愿我们每个人的年少都有爱笑的时候，爱笑的时候不要去问为什么笑，只要是真心的自然的，享受快乐就好。不是什么事情都一定要问为什么？太阳每天升起，月亮每天落下，这一起一落就是一天。明天太阳升起的时候，新的一天开始了，我们一样随着新的一天开始我们新的感受。人生就是在这样自然而然的过程中不断轮回着。在不断实现着不同时代的人们所认为的社会文明中留下我们的足迹，完成我们应尽的责任和使命。

[后记] 好不容易找到了全部的歌词，顺便拿出来，大家共享吧!

我们都曾经年少
什么都不知道
却只是爱笑
笑爷爷和奶奶
为什么会那么老

我们都曾经爱笑
笑什么自己也不知道
却笑得月亮都弯下了腰
却笑得大家都莫名其妙

我们都曾经年轻
什么事都不相信
什么话也听不进
只是漫不经心
小小的年纪
却总是喜欢说曾经曾经曾经

我们都曾经爱恋
也曾相信什么都不会改变
虽然我们也曾经哭泣
我们的眼泪却曾经比蜜糖还要甜

我们都曾经很穷
总是两手空空
却更恋爱这一份轻松
直到有一天
我们开始有了一点点
才发现样样都还差得远

曾经有一天
早已记不得是哪一年
我们开始喜欢说从前
说起从前仿佛没好远
想要说清楚
却又怕没时间

说从前

天总是望不穿的天
路总是走不尽的远
想要的总得不到
却也从来不知道什么叫做抱怨
那时候
我们不知道什么是危险
那时候
我们只知道拼命向前
那时候
我们的汗水曾经比海水还要咸

想当年
我们曾经一起过河也曾一起渡桥
说从前
我们曾经一起上学
也曾一起坐牢
我们都曾经一齐东征西讨
也曾经就快要一起走到

想当年
谁不是为了理想而理想
说从前
谁愿意为了抬杠而抬杠
想起当年
谁又不是
站在不同的立场
望着相同的方向
说到从前

谁又愿意
只是为了不一样
就拼了命的不一样
回想起当年
没问完的问题很不少
只是到如今
还需要答案的已经不多

关于我从何处来要往哪里去
关于可去不可去能来不能来
关于有与没有以及够与不够
关于爱与不爱以及该与不该
关于星星月亮与太阳
以及春花秋月何时开
关于鸦片战争以及八国联军
关于一八四〇以及一九九七
以及关于曾经太左而太右
或者关于太右而太左
以及关于曾经瞻前而不顾后
或者关于顾后却忘了前瞻
以及或者关于究竟哪一年
我们才能够瞻前又顾后
或者以及关于究竟哪一天
我们才能够不左也不右

一次
再一次
永远

总是

同样的故事演了再演

一次又一次

永远

总是

同样的叮咛劝了又劝

就这样一遍又一遍

总有一天

我们会把所有的栏杆拍遍

只是不知道

那究竟要等到

哪一年

哪一月

那究竟要等到

哪一天

我们都曾经年纪小

什么都不知道 却总是喜欢笑

我们都曾经年纪轻

什么话也听不进 什么事都不相信

而今我知道 而今我相信

而今我不能不相信

总有一天我们都会老

只希望到时候，我们都一样爱笑

女人的事业与生活

——王菲的复出

写出这样的题目，就是说王菲一定会复出。

这样的话题其实在我的文字里很少见，原因是太时尚了。但是我之所以抑制不住要写，是源于金鸡奖的刚刚结束而引发的，是源于自己对女人的事业与生活的感悟而引发的，就是想写点儿什么的欲望。不仅给王菲，更是给我们所有的女人！

金鸡奖与百花奖，这两项在我们很小的时候就很熟悉的中国电影界的重大奖项，曾经一度的作为我们评判中国电影优劣标准的一面镜子，备受国人瞩目和重视。后来改革开放了，中国的电影走向世界开始频频获奖了，那扇电影世界的大门轰然崩开了，这两个奖项才在我们的心目中渐渐的弱了一些，于电影界自己的圈子里，它们也不再是独有的霸权地位了。加之近几年商业化电影的冲击，金鸡奖与百花奖这两项带有明显政治和时代特色的奖项也疲软的甚至很多孩子们都已经不知道了。而今年的颁奖却是异常的红火，表现出很不一般的景象。其实究竟这背后有什么样的故事我并不关心，也搞不懂。只是在看电视的时候，看到了王菲和李亚鹏的镜头。虽然只有一个匆匆的镜头，但是媒体却大肆渲染的报道了一番。对于王菲，我始终有一种感觉，就是她的身上有一股别人没有的灵气，古灵精怪的，包括她的声音，空灵得像是天上飘下来的，却有着说不出的分量，轻与重之间的和谐。在她的音乐背后还可以听到一些佛音禅意，加之这几年做母亲、离婚、再婚的一系列经历，使她的音乐更加的超凡脱俗了。那些歌曲如《红

120

豆》、《棋子》、《笑忘书》、《宽恕》等等，一路走来，感受一个女人生命成长的过程，爱恨情仇，悲欢离合。但是始终看到的是王菲依然冷艳的表情，渐渐坚强的心和成熟的女人魅力。

　　我对于娱乐资讯并不热衷，更没有什么研究，只是因为喜欢听歌、喜欢唱歌而在音乐和歌曲中感受一些零星的动态。其实没有资格去评判谁，也不想去评判谁。只是从生命的尊重中体会一个职业歌手多年的努力、进步和改变与成长的过程。毕竟王菲非比寻常，让我更加的多了几分的关注。王菲的再婚让我很是为她祝福，尤其是看到她又要了一个孩子，一份做母亲，做真正的女人的心态很是让人为她欣喜。曾经很喜欢刘晓庆，喜欢她的个性和对角色的诠释。但是只因为她不要孩子，在为她遗憾的同时，那份崇拜也就打了折扣。这对于我来说应该是一种小偏见。但我也执著于这样的偏见。我一直以为，没有经十月怀胎一朝分娩做母亲的人不叫真正的女人，没有一起经历妻子十月怀胎，感受做父亲的辛苦的人也不能够成为真正的男人。所以，当王菲再次怀孕并且生下第二个孩子的时候，我真的很为他们祝福。尤其是他们经历着那样一种非常境遇，媒体还一味的不知情的打扰这份忧伤时，他们所表现的那份执著与坚强更是让我敬佩。接下来的基金会，还有李亚鹏的一系列举动，更是让我为王菲感到高兴。过正常人的日子，娶妻生子，老婆孩子热炕头，这是中国人的生活，凡人的生活。但是作为演艺界的明星们却很难享受这样的平常。不只是因为行业的关系，在这样的光环下生活的人们又有几人可以做到以平常心对待非常事?! 活着不容易，能够这样活着就更加的不容易！

　　但是王菲似乎在经历了这种种磨难和坚强后，退隐了。可以理解的是，孩子的状况需要母亲的爱和照顾；奔波在圈内许久打拼了这许多年的王菲也需要调整和休息一段时间了。做优雅而闲适的女人，让自己放松和卸负。于是，媒体拼命的捕捉她的一点一滴，甚至将过去的种种拿出来晾晾。就连这跟她毫不相干的电影节，既不是嘉宾又不是正式的会议出席，只是以个人身份来参加私人聚会以祝贺好友刘嘉玲获奖，纯属私人生活的一瞬也要百般的报道。其实说明大家对她的关注程度和喜爱，这样的明星不该隐在舞台下，不该退在荧光灯的暗影里，更不该成为配角。

电视镜头里，看到王菲抱着双肩，匆匆的低头走过，李亚鹏跟在后边，两人的表情都很让人捉摸不透。心里有一种说不出的滋味，天后级的歌星，没有小鸟依人的甜蜜，没有恬淡的闲适，更没有为人母的慈爱与安详……

王菲，离复出不远了。

每个人都呼吸空气，每个人都无法脱离现实而存在，并不是所有的衣食无忧就可以让人放弃事业和工作，尤其是对那些有理想和追求的人更是如此。每个人在世上活着都有很多的角色，尤其到了中年，社会角色就显得尤为重要。人需要受人尊重，需要被人认可。再自信的人也要去照社会这面镜子，看到自己，同时也看到别人。被人需要同时也需要他人，被人尊重同时去尊重他人，这一切都需要平台。如果你没有了角色，便没有了位置，更加的没有了分量。世界发展之快，社会变迁之迅猛，谁都不能躺在功劳簿上过一辈子。出世的心需要入世来体现，没有了入世，又何谈出世呢！

相信王菲是一个智慧的女人，是一个知道做好自己，同时做好一个母亲的女人，妈妈的爱和教育在孩子的成长过程中更多的还是言传与身教。你所得到的尊重对于孩子的教育成长更加的重要。陪伴有不同的方式，有时离开和短暂的失陪恰恰是我们教育孩子的另一种方式。相信王菲也是这么想的——因为聪明的人想的问题都是一样的！

祝福王菲！等待休息调整后的王菲带来新的人生感悟与我们共享她空灵的天籁之音！

也祝福所有的演艺圈的女人家庭幸福！

还祝福我们平凡人，别丢了我们平凡的幸福！

悟解《商道》

读《商道》，看《商道》，悟《商道》，得来的是"财上平如水，人中直似衡"！

几年前，有一部韩国五十集的电视连续剧叫《商道》，曾经热播，也有很多中国的商人热捧，引起了很大的反响。有人将此书中的主人公与中国的红顶商人胡雪岩相提并论，甚至有人奉此书为韩国商界的圣经。

我也曾在热播后买来一本书看过，当时的感受并没有那么深。因为小说的手法相当的纠缠，从时代到人物，到过程以及结局，有些晦涩，看起来很累。所以虽然也得到了一些收获却没有太多的领悟。直到最近买到了全集的电视剧版《商道》，豁着时间一边织毛衣一边观看，终于看完了，心情却不像看完小说那样的轻松。甚至有很多的话要说，包括那些评论家的评论，本人也有一些不同的看法。或许我长大了，或许是人生到这个阶段看它更加的不同凡响。于是要写下来，记录这样一段人生的感悟，并与有同感者共享。

电视剧与小说最大的不同在于滤掉了太多的前沿的铺垫和不必要的纠缠，甚至是故弄玄虚。当然小说的语言和所交代的东西比电视剧更加的详尽和深刻，这也是影视作品与小说的不同之处。但是我个人觉得改编得更加明朗化和清晰了。

地地道道的中国文化无处不在！这是我最深的感悟，也是最值得一记的。中国古代就有"仕、农、工、商"的社会阶层排列，而本剧通篇贯穿着这样的社会阶层意识。主人公林尚沃，由一个两代人要成为韩国第一译官梦想的破灭，到几经磨难不得不身为商人养家糊口。反映了"世上万般皆下品，惟有读书高"的儒家的思想；

从一段特殊的，但又是彰显社会弊端的人生经历，酿下了杀父之仇，刑场刀下逃生贬为官奴数次逃脱未遂，到终于历经千险逃到寺庙，庙中的大师指点他：丢弃手中一把杀人的剑，拿起一千把救人的剑！普度众生，立地成佛。佛家的了却恩怨，救人度世的哲学；

因朝廷的赦免而终于获得平民身份的他，在世道无常的命运中，在父亲一生的惨痛经验和临终的嘱托下，林尚沃终于来到当年与父亲同时几次参加译科考试而落榜的，背道于父亲提前走上商界的洪得铢大爷那里做了一个杂工。世事无常，人生难料。使林尚沃敬仰的父亲，一生的信念到头来不过是一场虚幻的贪恋，而早于他看清楚世道艰难而另作选择的同窗好友却开始了一段真正的"生意人"的路。失去了一个生身的父亲，林尚沃找到了一个引领他成为真正生意人的父亲。就在他茫然地为做一个生意人拼命的想赚钱的时候，洪得铢大爷给了他一生受用不尽的财富：做生意赚的不是利润，而是人心。

人生的三次大的劫难，善王寺的大师给了他三个解方，也颇耐人寻味的充满了中国的哲学智慧。解字，在中国的易经中算是一种占卜和算卦的方式，叫测字。而其中的两难都用到了测字术。当然，测字者当有原则和思想，以什么样的意测什么样的境，解什么样的围，都是在于测字者的心态和依据。重要的是解围的结果都是那个赚取人心的生意经在左右着，所有的经历都以这样的信念支撑并化险为夷；

要讲讲这两个字：一个是"死"，置之死地而后生，破釜沉舟而绝处逢生。道家的"反者道之动"、"相反着相成"。另一个字是"鼎"，那个象征着国家和君主的字，但这里却用了另外一种解：三足鼎立。三足者，缺一足不可，多贪一足失衡。守住自己的本分，不要无限的满足作为人的贪欲，与最后的一难之"戒盈杯"异曲同工之妙。

朝鲜的生意人在社会中的地位是很低的，他们往往为了得到点儿官府的庇护而不得不贿赂官人，而身为仕者的官员也会通过商人得到一些好处而不惜开口要价。不论是那时还是现如今，好像这样的事情已经成为一种不公开的潜规则，一种江湖规矩而正常的存在着。而林尚沃却良好的利用着这样的规则，以自己的原则和说法行使着这样的特权。就是无论做什么事都以满足他人利益和对社会有益为原则，这样的商人应该是有社会责任感和使命感的。

林尚沃执掌的江商赚取了一定的利润，有了一定的基础后，饥荒和战乱时，拿出米粮、盐来救济灾民，抵制不良商人的不法行为，不惜牺牲自己的利益而维护商界的名誉。回报社会和百姓，这在生意人中又有几人能够做到。也许这就是现在很多人提倡的"企业家精神"和企业的社会责任吧。

林尚沃的母亲，这个影响着他一生又默默无闻的辛劳工作一生的女人，即使在儿子飞黄腾达的时候依然守着自己的本分，开着一家小客栈，带着自己的二儿子和女儿以自己的劳动赚取的金钱糊口，并将攒下的钱买了几片田地，让儿子分给那些穷苦的农民。她以自己的实际行动告诉了儿子要体恤穷困的人，得到了财富要服务于他人。以至于最后，以朝鲜第一商人地位的林尚沃千金散尽，独自在乡下的茅草屋里度过余生。源于平凡，复归于平凡！其中有几句经典的话语：活着就要找点儿事做，不劳动活着干什么？是呀，如果人不劳动了，不就要变回猿猴了吗?！

林尚沃一生爱了一个女人，一个他们深情相爱却不能相守的人，一个近在咫尺却只能远在天涯的人。这个人物的存在让林尚沃从忘记恨到忘记爱，实现了一个灵魂上的飞跃。直到故事的结局，我方才悟到这样的道理，实在是迟钝也很庆幸，这样的结局在另外的层面上是完美的。人格的修炼，炼狱般的超凡经历。

广结善缘，乐善好施。在人生的各个时期都会有一些寻求帮助的人，只要你有能力助人一臂之力，你就会得到好报的。助人又不求回报，是林尚沃成功的根本，也是他做人的准则。

太多可圈可点的地方，最终，我悟到了通篇都在谈的"生意人"的真正含义。都说要做生意人，究竟什么是真正的生意人？洪德铢大爷说赚取人心的人，林尚沃最后得出：财上平如水，人中直似衡。而我看完了，自身的感觉却是：真正懂得生活意义的人就叫做生意人！

　　人生的一个信念支撑着一个人，一个商团，走出重重困境，互相依存的走过自己的人生，活得无怨无悔，轰轰烈烈。我们是不是也要学学这样的信念?!

　　我愿做这样的生意人！祝愿天下所有的人都做这样的人！

一件小事

经常光顾的一家农贸超市里，有一家云南特产的小店，店铺不大，却堆满了各式的特产，用应有尽有来形容也不为过。偶然的机会，发现那里有云南米线，各种干货、各式酱类还有菌类。于是对云南也有着一些不解之缘的我便买了一种香辣酱。谁料到等我们吃得上了瘾，连孩子们都吸溜着小嘴儿嚷嚷着要吃的时候，那里没货了。据说要等到半个月后才会从云南空运过来，且量很小，很多的老顾客都在排队呢！原来这么紧俏，得，一不留神吃了一个新鲜货，还得等着。于是，过了半个月，我们跑去看货到了没有。更新鲜的是，不仅货没到，连那家店也不开了。去了几次都吃了闭门羹，问及邻近的小店，说那家人经常不在。嘀，从没见过这样做买卖的，真牛！

终于等到了那家老板，跟儿子赶紧问酱到了没有？于是，一狠心买了两斤——也没见过这么买酱的！并有一搭无一搭的问老板：

你怎么老不开门呢？

嗨，炒股票呗！

得，人家这是副业，不指着它挣钱，就是一个营生，怪不得那么自在呢。

看到儿子站在那儿，店老板随手拿了一听酸枣汁，用布擦干净了，打开，插上一根吸管儿，递给儿子：来，喝一听这个，好喝着呢！儿子看着我，用眼神征询着我的意见，嘴里却说着：不喝，不喝。店老板举着对儿子说：我都给你打开了，你不喝就是不给我面子了。我很不好意思，但是看到店老板真诚的态度便对孩子说：拿着吧，谢谢大大（伯伯的意思）！儿子接过来，谢过了，喝着酸枣汁。我还想看看店里有没有我喜欢的东西，店老板见状忙着给我介绍，如数家珍的讲着，我于是又买了一瓶油浸的鸡枞菌（具体的名字我不记得了）。店老板边给我选瓶子边说：我妈妈是医生，这瓶子很干净，我都是用开水消过毒的。能够感受到店老板是一个很认真的人，也很讲究。他将那菌放进瓶子后，上秤称了一下，我一看，18块多一点，不到20元钱。于是我带着对那听酸枣汁报答的心态说，就这样吧，我给您20元钱，您也别找了！没想到那人就像没听见我的话一样转身加了一些在瓶子里，一定要加到20元钱正好为止，还嘴里念念有词地说：不加满晚上会睡不着觉……

怎样付的钱，怎样拿的东西，怎样回的家，都记得不是很清楚了。但是那句简单的"不加满晚上会睡不着觉"的话在我已经忘了我买的菌叫什么名字的时候依然响在我耳边，朴实无华，简单的不能再简单了，却给了我太深刻的印象。诚实、守信、童叟无欺，对自己的良心负责，可以踏实的睡一个安稳觉。这看似简单，却是太多人已经忘了甚至不再敢奢望的事——在这里，小小的农贸市场，小小的杂货铺，小小的店老板，给了我最真实的感受！诚信的完美诠释。

这件小事讲给了很多人听，也有很多人听了，但是它想告诉人们什么，人们听到了什么却是我不曾知道的——但是我的确知道我得到了什么！

活得平凡，活得真实，活得自然，活得坦荡，也许就是真正的活着！

小事不小！

偶　　得

生命的归宿最终是生命本身！

得意者，得其意者也！魏晋玄学时期就一再地谈论：得言忘象，得意忘言。现实生活也云：得意忘形。其实都是一个意思，触类旁通的看佛家的禅语曰：风花雪月本一味。所谓佛者无经，禅者无字，以指指月而已。尽在心悟！

佛言：不可说，一说便错！

存　　在

我用我的眼睛看这个世界，用自己的心感受我眼睛所看到的，用我的大脑思考我心感受到的事物，用自己的嘴诠释我大脑的思考，用我的行动告诉自己生命的存在！

这——证明了我的存在。

成就——价值

你像一匹恶狼，紧紧地盯住我不放！使我不敢有半点儿懈怠。好像稍不留神，你就会远离我而去。我问我自己：我为什么那么在意你的去留与怠慢？现在我知道，我怕没有成就！当一个人不再有自己认为值得做的事情的时候，会变得轻飘飘的没有分量，会不被人在意和重视，会被忽略，会被忘记！

所以你的存在似乎更能让我记着时刻去追求和加快脚步，不敢有太多的懒惰和矫情。这份存在的意义太重，也太讨厌，但是我需要！

你是谁？虚荣？权势？地位？还是成功？

现实的世俗与精神的高雅！相辅相成。

以入世的俗成就出世的雅，在雅俗之间游走着的天地间大写的"人"！

大国崛起之精神

灾难无情人有情！面对巨大的天灾，人太渺小了，但是凝聚的力量是巨大的，大国崛起的希望在前所未有的不可抗力面前诞生了！让我们为祖国自豪，为中华民族骄傲，为所有的华夏子孙生生不息而奋斗！

这是一条短信。从早上开始，在电视上看天安门广场升旗、降半旗，到国家各大机构、驻外使领馆降半旗，通过电视画面了解了灾区的最新情报，从中央台到地方台到凤凰卫视的记者现场报道，直至看到胡锦涛总书记拿着那个简易的话筒用他那已经疲惫的声音在广大的救援官兵们面前喊出："任何困难也打不倒我们坚强的中国人民"，几天来铺天盖地的新闻、时事、报道以及感人的故事让我激动不已，尤其是国务院的三天哀悼日的公告让我从内心深处感慨而写了这样的文字。恰巧几天来有很多的朋友发来各种各样的短信为灾区人民寄托一种情思，于是发给他们共享这样的感悟！距离全国人民默哀的时间还有一个小时，澎湃的思绪使我临时做出决定：去天安门广场，在降下来的国旗下，在庄严的天安门城楼前，在肃穆的人民英雄纪念碑旁送去我最衷心的哀思和祈愿！

差十分钟 14 时 28 分，在天安门广场转了两圈还没找到车位，急死我了。于是无奈将车停在很远的老舍茶馆的停车场。哪儿想到平时车位多余的停车场竟然没有车位。跟入口的老大爷商量，快到点儿了，要去广场，老大爷好心让我进去并停在了一个不是车位的位置上。好歹算是停好了车，毋庸置疑的，很多车辆也跟我一样是到广场来默哀的。看看表，还有四分钟，好在有准备穿了双运动鞋。下地下人行通道，跑步前进，上来再下去，从地下通道穿过再跑上来，终于到了广场，但是距离升旗地点还有很远，算是能够看到旗子了。看表：14时27分，庆幸之余快步前进。而此时，防空警报已经响起，身边停驶的车辆开始鸣笛，加上身边的脚步声提醒我仪式开始了！不得不远远的看着降下来的国旗，站在广场上，双手合十，低下头来。那一瞬间，眼泪夺眶而出。周围刚刚急匆匆的一切仿佛被时空定格了，静止了。一周前的这一刻，远在四川的灾区的景象跟这里在某种意义上讲也许有着相似之处。那一刻对于很多人来讲也是一生的定格吧——生命的定格！上天无情的定格了那些生命，今天祖国和人民给这些生命以最尊重的方式定格！用最神圣庄严的国旗降半旗致哀的方式，用血浓于水我们亲如一家的亲人的祭奠，用十三亿人民此时此刻三分钟的默哀来祈福于那些遇难的兄弟姐妹们，老人孩子们！这庄严神圣的国旗啊，过去只为那些为国家、为世界、为人民做出重大贡献的领导人才会行此大礼，享此殊荣，而今天，为了那地震灾害中失去生命的普通的老百姓降半旗！只此举，难道我们不应该为我们社会进步喝彩吗?！社会文明的进程大大的迈进了一步，让西方某些国家再谈起中国的人权问题时去改变说辞吧！这样的举措无疑是对他们最好的回答，向每个生命宣誓：不抛弃，不放弃！

　　三分钟的默哀结束了，人群却未散去，使我有机会走进人群，来到国旗下。可还没走近，就看到人们围起来喊着什么，越来越多的人走进加入，听清楚了：中国加油！四川加油！人们举着小五星红旗，此起彼伏的，就像是有人在组织。但是现场的人都能够感受得到，那是自发的，来自于四面八方的萍水相逢的人们，他们用自己的声音表达了一种来自于中华民族的声音。我的眼眶再一次湿润了。此情此景，中华民族的传统美德，万众一心的凝聚力，一方有难，八方支援的情谊让我们心心相印！人群中有很多的摄影摄像器材，有专业的也有业余的，人们争先恐后的将这一幕收入镜头，留作永久的历史见证。那骑在父亲肩膀上高举着国旗的小女孩最抢镜头，一路跟随着队伍走在最前面，也吸引着镜头一直到人民英雄纪念碑前。我想起《泰坦尼克号》那部电影，感人的除了那短暂的凄美的爱情故事外，最感动人的当是那些面临生死关头的时候，那些为别人从容不迫奏乐的演奏者，那些把生还的机会让给妇女和孩子的绅士们，那对相拥着一起走进天堂的老者。那是真正的文明，用生命谱写的真正的尊重！而这一切，就在这一刻，灾难来临的中国大地上，又有多少这样的奇迹在发生，多少感动在诠释生命的华彩。

走出天安门广场，停车场更加的拥堵，我的心也好似千金重。一定要写点儿什么，写点儿什么表达我这样的内心的喜悦和感动。中国的腾飞不仅在经济上，更加在精神上，在民族的精神之上。我们凝聚，我们团结，我们几千年来的宗法传统亲如一家，我们血浓于水！三天的哀悼日，这是一个划时代的标志，一个社会文明进步的标志，一个人性化社会成熟的标志，一个全民族崛起的标志！

地震了！中国人的心震动了！世界人民震惊了！

悲哉！壮哉！国殇日，重生日。一场史无前例的祭奠，一次民族精神的盛会！不仅是那些遇难的人，也是灾难中让我们的民族和国家就这样坚强站立的日子！化悲痛为力量，化凝聚为动力，爱好我们每一个人，爱好我们共同的家，努力奋斗，自强不息。为重建家园而努力，为实现强国而努力。

好好的活着，好好的善待我们的每一天。无论是灾难来临的非常时期，还是生命中平凡的岁月，悼念死者，善待生者。也许这是给死难的人最大的尊重，也是对生命的最大的尊重！

这样的精神应该成为我们的国魂伴随我们走向大国崛起之路！

真正的乞丐

真正的乞丐，不是乞讨的人，恰恰是那些施舍的人！

因为施舍，才养就了以乞讨为生的人；

因为施舍，造就了不劳而获的人的惰性。可是就是这一念之差，人却失去了尊严！而那些施舍的人是使它们失去自尊的罪魁祸首！

女儿小的时候，带她上街，见到那些乞讨的人，我从不让她施舍，理由就是不去鼓励那些不劳而获失去尊严的人。但是见到那些摆小摊的残疾人，壹元、两元的一把扇子、一副鞋垫，即使没有什么用，我都会鼓励她去买回来，告诉她尊重那些人的劳动，鼓励自食其力的精神和行为。

即便如此，当她上中学时，与同学们一道在地铁站见到乞丐时，她还是提前准备一些零钱想帮助一下他们，可是令她完全无法想象的事情发生了：那些乞丐因为她是孩子竟然视而不见的从他们身边走过！这让她惊诧的同时也同样悟出了一个道理：谁是真正的乞丐！善良的同情心有时是那样的苍白无力。于是她为了纪念自己的这个经历和感悟写下了《地铁站，了解生活的窗口》。

人们往往认为行善是好事，须不知行善有时正是在造就另外一种恶！

一种独立的人格往往表现在很多生活中的小事上，得大志者要为大事，修身、齐家、治国、平天下，要为政；得小志者要为小善，即使是寻孔颜乐处。但此善万不可害人！

孔圣人讲：君子所谓"三达能"：仁、智、勇。仁者无忧，智者无惑，勇者无惧。而要做到自身尚且容易，要推己及人便难上加难。

修炼者，先自修而修人！

所谓佛家的自觉，然后觉他。

大事、小事

生活无小事，人生无大事！

生活中的事情再小，对于每个人来说，都是大事。因为它关乎你的切身利益，不谨慎处理，会影响你的整个生活！人生中的事情再大，对于个体来讲，都是小事。因为每个人个体的力量相对于社会的大事来说，影响都是微乎其微的。匆匆的过客，你大可以退或隐。

所以，精打细算自己生活中的小事是保证人生大事的前提，也是生活的基础和动力。提高自己生活的品味和质量也是从每一个细节做起的。说到这儿，突然想起影片《辛德勒名单》的片头的几个镜头，主人公辛德勒出场前的几个镜头，西装、领带、一堆袖扣及金子做的别致的纳粹胸章……第二次世界大战恶劣的环境，犹太人集中营的惨烈的非人性的场景衬托着这样的表现更加触目惊心。小事，细节，表现了一个绅士的生活品味，一种生活态度。而看看我们周围的人们吧，经济发达了，物质生活极大地丰富了，忙的大事越来越多，生活里已经没有小事了。诸如夫妻：那个在家的，不管男女，都是左手右手，无所谓的，大可不必去费心。只要不出现意外，比如外遇，孩子的身体或心理有重大意外，老人去世等等，其实就是久病床前，也还有保姆……那么我们在忙什么大事呢？要工作，要升职，要赚钱，要考察，要交友……这些都是大事！是不可耽搁的，是相对于家里的小事优先的。只是有一件小事，在发生时，小事变成了大事，那就是生病！只有在这个时候，工作不能做了，应酬的场所你派不上用场了，去医院了，陪在身边的人就是左右手了。只是，在经历这样的小事之后，会不会有些许内疚或者不安？前几天看一个电视访谈节目，讨论未来的婚姻形态，有一种说法就是阶段型婚姻，有感情就结婚，没感情就离婚，再去寻找第二段感情。由此我也想到了小事与大事的关系，试想如果没有几十年的患难与共，没有生活中那么多的酸甜苦辣，喜怒哀乐，人过中年，相互搀扶共度晚年的基础和耐心，全靠人的善良和责任吗？这个世界有一个领域永远没有价值标准，那就是情！那个很多人到了一定年龄就视为小事而不屑再谈的也是情！

看得见摸得着的是物质，看不见摸不着的是意识（或者说是情感），现实让人们追求那些物质的东西，乐此不疲，却忘了这些是生不带来死不带去的。内心的尊严和情感被当成了小事弃而不顾，而最终，我们的归宿却都是在那些小事上。

生活无小事，人生无大事！小事不小，大事不大！办好了小事，大事自然会水到渠成，人生也会因"小"见"大"！

大我——小我

　　"这就是鲁迅的不幸。没有赶上昔日的辉煌，却恰好承担了今天的艰窘。好在他是有大本事的，自负与才学让他一时还感受不到历史的冷落。已然掀起的新文化运动，更让他兴奋不已，一展雄才，此其时矣。只有当豪华落尽之际，才会感到岁月的无情，人生流转的无奈。"这是《老不读胡适，少不读鲁迅》书中的一段话。我将它摘录下来，是因为有话要说!

　　鲁迅当时身居教育部要职，身处补树书屋，以三十六岁的年月用抄古碑帖来打发时光。"是寂寞也是心性"。而另外的一个同时存在于屋子之外的，却也有人寂寞，只是他们采取了用办《新青年》来打发寂寞时光的方式。从"摇着蒲扇坐在院子里，仰头从密叶缝里看那一点一点的青天，晚出的槐虫每每冰凉地落在他的额头上"到在钱玄同的引导下写出的《狂人日记》。这样的人生际遇与状况的改变本就是一种极端了。更何况那"没有什么意思"的古碑帖的抄本到《新青年》的《狂人日记》，不难理解后来鲁迅的"不在沉默中爆发就在沉没中灭亡"的呐喊之声。因着这样的人生经历，便有着他后来的行为乃至思想。人生本来都是公平的，让一个可以呐喊的人沉默只是为了明天的呐喊更具力量和深度。让一个满怀雄才和抱负的人寂寞是为了让他积蓄能量。所有的无为都是有大为之用的。

　　人生从不彩排，人生从不负有心之人。换言之，每个人到世上走一遭，必有他的使命。

　　天生我才必有用!

快乐男声——谁动了规则的奶酪

无意中发现我的偶像开始做娱乐节目了！那就是湖南卫视的快乐男声节目。为了看到他的表现，于是带动了全家人开始了观看的漫长旅途。好景不长，刚开始看他就走了——原因是评委之间很激烈的冲突。于是网上、报纸舆论纷纷。两个评委，一场争论，节目升级，影响极巨……

于是就像一部现导现演的电视连续剧，以一个快乐男声的主题，招来了一群热爱音乐的免费演员，以PK的方式，不断变化的赛制和逆向思维的剧情编制，以每周为时间单位播出。然后制造一系列的相关节目与产业链。最重要的，每周的活动以周五的PK角逐来赚取效益。投票的安排和煽情的运作不似传销胜似传销，一个选手一晚上就几十万甚至上百万的效益。上帝！比印钞机还来得痛快。

于是，那个神圣的音乐梦想的追求就开始变味。看到赛制因某些运作一再被修改，看到因修改的赛制而离去的选手，那些FANS和评委们在选手离去的时候的反应，就好像那些被留下来的选手都是背着什么似的。我们不难看到那个龚格尔——一个形象不是很帅但是声音好的令那些专业音乐人汗颜的大男孩，多才多艺，只要一出场就会给人带来快乐的男声，因为短信的票数和所谓的人气没能进入13强；那个年龄稍大但很全面的小亮应该是成都赛区的无冕之王，却也止步十强。最让人郁闷的是，他的走是被西安赛区的冠军苏醒PK下去的……这让我想到一部影片中的情节，为了训练杀手的无情，几十个在一起朝夕相处生活了六年的女孩子要在两分钟之内拖着一具尸体走出规定的房间，超出两分钟就会有杀手用机枪扫射致死。于是，一场残忍的杀戮在其中的一个女孩子动手后无情的展开。剩下的人要抽签进入规定的网子里，谁最后一个杀掉全部的人活下来谁就是赢家，才有成为职业杀手生存的权利。残忍啊！看得我毛骨悚然。今天的舞台不是生死的较量，却闻到了竞争的血腥和杀戮的味道。如今的社会，到处都是PK，竞争，不仅在台上，在台下，那些粉丝们一样经历着对决。因着电视台规则的不断修改而疯狂的喧嚣着。于是，这样的剧情竟也吸引着我们不停的看下去——看一场激烈的角逐和商业运作。同时也体会那些选手的不易和努力。还经常会验证一下我们的预测结果是否正确。当然，更重要的还是我们都喜欢音乐，更喜欢像陈楚生、苏醒、姚政等等的追求音乐梦想的孩子们。为他们加油，鼓劲，更希望他们有所成。只是，这样的赛制一周一变，变得让人捉摸不定。尤其最后的几场，看到选手的"表演"而非真情流露，看到评委的"配合"而非专业素养，更无奈的是感受"人在江湖，身不由己"的舞台，在现实人生中上演就罢了，还要赤裸裸的搬到舞台上去卖弄，无奈，无奈，无奈的快乐……

就要结束了，就要诞生那个所谓的王者了。其实到上周，留下了苏醒和陈楚生后就已经没什么所谓的PK了。两个西安赛区的哥们儿，一场演唱会，一次痛快的秀，友谊第一，比赛第二。拉票，选名次，都不重要了。重要的是我们还看，是因为最终的结局还是赢在了心智上。技术层面的竞争只是门票一张，踏进这道门就看谁的心智高了。这不是什么心计和谋划，站到那个舞台上，什么也别想逃过去。只要有实力，有智慧，最重要的是一个淡泊明志的心态。这两个人从西安赛区的决赛起我就看好他们，及至十三强入选男声学院就锁定这两个人。好在波波折折，终于天随人愿。

一场总在吊你的胃口的连续剧，一场经常有悬念又是在设计之中的成功策划，一场由主持人、评委、选手、粉丝和全国手机网络用户编织得铺天盖地的娱乐游戏，一场几人欢喜几人忧的人生舞台，看戏的痴了，演戏得值了，评戏的赚了，导戏的成了。这样的皆大欢喜，谁又能说它不成功?! 只是，谁创造了规则，谁又轻易的动了规则的奶酪! 成就了什么？失去了什么？愚弄了谁抑或娱乐了谁？难怪当年超女风行时有家长说："家有超女是一场灾难"……

泪水，是咸的；

笑脸，是闪亮的；

语言，是艺术的；

歌唱，是真诚的；

还有，那么多粉丝的尖叫和泪水，鲜花和掌声，幕后忙忙碌碌的庞大的组织和策划执行者们，真实地存在和付出着。过程与结果，总有那么一点儿什么说不出的味道。时代的味道？娱乐的味道？节目娱乐了谁？谁又被节目所"愚乐"。幕后的庞大的开支和谋划轻易的就改动了规则——不对，我忘了还有潜规则……

崔健说：不是我不明白，这世界变化快！

郑钧说：想带上你私奔，去做最幸福的人！

零点乐队周晓鸥去唱摇滚版的京剧《智取威虎山》，和景岗山一起说相声了；

窦唯的音乐只剩下七个音符了；

一代大师李叔同——弘一法师出家后，后人研究他时将音乐艺术放在人生的第二层楼，我们的音乐要将我们带到哪里？

借我借我一双慧眼吧，让我把这纷扰看个清清楚楚明明白白真真切切。唱了无数遍的那英到底还是没有看明白。难怪香港的《无间道》拍了一、二、三集后，连好莱坞都不惜屈尊拍《无间行道》。

原来，规则的奶酪被人动过了……

细雨湿衣　闲花落地

　　又是一年高考时，跟炎热的天气相媲美的高考人数与社会关注度甚至让近几年国家一再紧缩和调控的房地产行业对未来十年的预期都与此挂钩了，高考——高调——高热！

　　去年女儿高考，让我成为了高考大军中的一员，切身的作为家长感受了一把煎熬。而时隔一年，再谈高考，恍如隔日！人们逃避痛苦和煎熬的能力很强，即使面对这样的一生都刻骨铭心不能忘怀的事情也一样不喜欢回首，但是偏偏，女儿跳出来后的感觉还是让我们对今年的高考不得不有所了解和比较，从而得出庆幸或得意的满足。首先，今年高考人数创全国新高，竞争之激烈也许在四年后或者在未来的日子里的反应会更加的明显，但是也反映出了另外的一种社会价值观和时代的特征吧。其次，今年的考试试题在某种程度上比去年难，尤其是文综和理综。再者，就是议论得最多的，语文的作文命题，可以说各省命题如雾里看花，百花齐放，难明就里，玄而又悬……

　　我们来看看北京的作文：细雨湿衣看不见，闲花落地听无声。根据这两句诗自命题，当然还有几句解释的话，但是乍一看上去会不明就里。一个对类似于江南小镇的雨景的描写，细腻，禅意，还略带点忧郁和伤感。看看网上的评论，大都认为这样的题意太小气，太玄，不好把握。尤其是对高考的孩子们来说更是不好诠释。高考本身是竞争，是十年寒窗的检验，是立志成为人才的第一步。而如此幽怨和细腻的东西如何解读？又是在规定的时间和特定的环境、场景下，那样的心态和心情会有一点要逃离和置身事外的提示。不识庐山真面目，只缘身在此山中。可怜的孩子们，如何是好？无独有偶，浙江这个文化大省的语文命题是：行走在消逝中。提示是历史消逝了，人类进步了。文明在历史的消逝中发展。乍一看这样的题目会有一种空灵的感觉，肉体在行走，灵魂已经逝去。这跟最近今年的寻找心灵家园有异曲同工之妙。但是提示又是很积极和大气的，一种哲学的思维和阐述让人觉得有的放矢。女儿看到北京的命题感到很是不能理解，也庆幸去年的作文《北京的符号》是如此的明确和清晰，同时触动了她的高考情节，希望写一篇作文来纪念自己的高考一周年。在思考了两天后，她跟我说，她选了一个题目，希望既符合这样的诗情画意，又能够写的大气一些，让我猜她的题目，我摇头，于是她得意地说：我要写《慎独》！我大惊！亏她想得出来，诗里的意境必是感受细腻的内心世界而无所谓外界的干扰和形式，"湿衣看不见，落地听无声"，淡然，默定，也可以理解为一种反思和省悟的状态。面对现今浮躁和物欲横流的社会现象，这无外乎是一种淡泊与无为的境界。《大学》中的"君子慎其独也"，也是一种自省自律的修炼……"保证 50 分以上（高考作文满分 60 分）"，她得意的接着说，同时用眼睛盯着我，想看到我的评价和认可。良久，我赞赏地说希望早日看到她的这篇大作，同时告诉她我也要写一篇相关的文字，是因为我有所感。于是有了这篇，有了关于高考作文命题……

高考，作为国家选拔人才和这个社会每个人发展的一条最普遍和规律的一种机制，能够反映出很多社会发展的趋向和价值走向。而语文考试中的作文题又反映了对孩子们看待某一事物的观点和看法，同时也是一种现象和认识的反映。也许透过孩子们的笔，更会看到这个时代的特征和文化。也会看到国家对人才选拔的一种导向，不容小觑。无疑，今年的高考命题是一次挑战，对孩子们更是，在女儿庆幸自己没有遭遇今年的惨烈竞争的同时，我也告诉她，激烈的竞争会带来压力，也会带来动力。越是惨烈的环境，所诞生的状元越是含金量高。作为同龄人，你们面临的竞争会更加的激烈，面对机遇与挑战的时候，除了机遇的把握，更重要的还是自身的修炼和提升。无论何时何地，成功的含义更是"细雨湿衣看不见，闲花落地听无声"的淡泊和明志，更是无为而无所不为的"慎独"。想到，写到，还要做到，这才是高考真正的目的，从这里起点，人生无处不辉煌！

行走吧，让该消逝的都成为你飞跃的基石。带着消逝后的智慧，轻装上阵，开始人生的一次精彩的旅程。毕竟，人一生都在行走，行走的最后，只是为了找到真正的自己！在考场上考的，是经历，在考场外的，是财富。用心尽力，快乐享受过程就好。

细雨湿衣，是心而非衣，故不见；

闲花落地，心感花飞落，故无声！

……

［女儿作为高考一周年的纪念同时写出的，共享］

心之道，君子慎其独也

一人行于道，日晒而渴，见道旁有梨，过而不取，谓之君子慎独。

细雨湿衣看不见，闲花落地听无声。观之，则感江南风光，烟雾缭绕于纸上。或曰人离愁别绪，感行之远，心之疲，思乡以寄之；或曰感眼前之景，叹物是人非，时光流逝之无情，往事如烟，则有"人面不知何处去，桃花依旧笑春风"之慨叹。余以为非然也。"细雨"、"闲花"本是红尘事，"雨湿衣"、"花落地"亦顺道而行之。故"看不见"非眼不见，而心不扰；"听无声"非耳不闻，而无惑于心。山则为山，水则为水，万物固有其声色，各循其道而行，动心可改其道乎？

风吹而幡动，或曰风动、或曰幡动，二者相持。方外之人笑之曰："非风动，亦非幡动，乃尔者心动。"固知世间万物皆为过眼浮尘，心不动，则过而淡之。而惟有此，方成君子之道。

孟子曰："天将降大任于斯人也，必先苦其心智，劳其筋骨，饿其体肤，空乏其身，行拂乱其所为，所以动心忍性，曾益其所不能。"由是观之，君子之道，在于定乎内外之分，自治而克己。

"不以物喜，不以己悲"，显君子之心性坚忍；"达则兼济天下，穷则独善其身"，显君子贵而自治；"富贵不能淫，贫贱不能移"，显君子之克己而律。夫君子者，严律己而知己，知己而定乎内外，明心之坚忍，处物之淡然，惟宋荣子"举世而誉之而不加劝，举世而非之而不加沮"推之。故由处事之淡然始于心性，心性成于内外之分，内外之分归于自知，而自知始于律己。故君子者，必慎独也。

慎独者，于万物持己之道也。遇宠不骄，遇挫不恼，强之则不思弯折，诱之则不思失节。盖天下之细雨闲花，虽湿衣而不见，落地而无声，处之淡然。知万物皆世之盛花，吾不过红尘久客，方悟佛祖拈花而笑之真意。

滚滚尘事，不外乎酒色财权。得道者遇之则笑，谓之空矣。而吾等尘世之人则遇之、经之、感之，自乐于斯，何以故作淡漠而恐贻笑于大方之家？然君子正其心，外经尘世历练，内持修身之道。来则迎之，往则送之，浮云掠过而心感喜悦，随风经之而犹自淡然，于滔滔之河中磐石——任千帆过尽而吾自泰然。

应试者曰："大潮过去，君子如海边拾贝。得之则喜，不得之亦喜。盖其已观奇景之宏伟而忘却其预之多得。君子慎其独也，唯心知之。"

这个世界会好吗

《这个世界会好吗》这本由东方出版社出版的书，原自美国芝加哥大学教授艾恺（Guy S Alitto）于 1980 年 8 月与 87 岁高龄的梁漱溟先生长达十余次的长谈的整理记录。

这个书名有得一说：

1918 年 11 月 7 日，梁漱溟的父亲梁济正准备出门，遇到漱溟，二人谈起关于欧战的一则新闻。"世界会好吗？"梁济问道。漱溟回答："我相信世界是一天一天往好里去的。""能好就好啊！"梁济说罢就离开了家。

三天之后，梁济投净业湖自尽。

一本好书，需要以玩味的方式，反复地去读的。先是看到一本书，一段因个人牵动的时代和历史，然后看到了一个世界，之后是宗教的对比和融合，最后是发展的预言。越读越厚，越读越多，以至于到目前为止还没有读完。虽没有读完，但还是有一点感触，不妨写出来，以便理一下思路。

艾恺何以有这样的机会和想法与梁先生畅谈以至于留下这样的文字让我等有幸拜读？缘于他著有《最后的儒家——梁漱溟与中国现代化的两难》一书。在艾恺先生的序中，他以极精到的文字和透彻的哲学角度谈到："一个人如何可以既是佛家又是儒家？既认同马列思想又赞许基督教？后来终于想通了，这种可以融合多种相互矛盾的思想，正是典型中国传统知识分子的特质。"这让我联想到中国文化的"和而不同"，那个"天下一致而百虑，殊途而同归"的中国文化的根本特征在中国学者身上的具体体现。

在看梁先生谈到"我的思想的根本就是儒家跟佛家"时，在书的空页上，我写下了这样的文字：

发于心，止于行。真实的客观尊重首先要尊重生命的本体，生理需要的满足某种意义上是为了心理需要满足的根本。一个削发为僧出家为和尚的人未见得有佛心佛性，大不了有些佛门之缘而已。而真正的佛心佛性却是无所谓形而在于"明心"便可"见性"！没有出家却因经历了俗世的种种而最终成为"大家"！因进入了"知识分子堆"，有了"好胜之心"而有了身体的问题，继而结婚放弃出家，偏偏又入世的成为了"最后的儒家"，人生终极，以儒之身深悟佛之心。无心之心！成就于顺乎自然的"道"。好一个"殊途同归的合而不同"——和而不同！

梁先生一生都在跟政治打交道，但却不入任何一派。他以他的心关怀着这个社会，并以自己悟的道行走于社会。独立思考，表里如一。他一生最没有想到的是共产党会统一中国。他不赞成在中国实行多党制。他认为欧美的两党轮流执政不符合中国的国情。"中国在物质文明上，在经济建设上，主要说在工业上，同国外比较，差得太远了，太落后了。这样一个太落后的中国，那非赶紧、赶快，急起直追，把这个缺欠把它补上去不成，要补上这个事情，必须是有一个全国性的政权，采取一定的方针路线，依靠这个全国的政权，确定一个方针路线，几十年的稳定的局面贯彻去搞，去建设才能够把那个补回来，不能够你上来，我下去，你上来，我下去，这样子就不行啊！……可是后来嘛，局面居然落到我所想的，把国民党赶出去了，大陆上统一了，统一了，共产党掌握政权，一直掌握几十年，做了不少事"……虽然后来因一些政见的不同，梁先生与毛泽东之间有那么一段不愉快，但是梁先生依然认为，"毛泽东实在了不起，恐怕历史上都少有，在世界上恐怕都是世界性的伟大人物"。

梁先生预言，在世界未来，将是中国文化的复兴。而再往后，将是佛教的世界……

一本越读越厚，越读越精彩的书。就好像梁先生在你的面前与你娓娓道来。退一步说，别说是哲学大家，就算是一位普通的百姓，年届古稀，将他一生的经历和感悟与你分享也是人生一大乐事。

值得一读，值得一看，值得一品……

怎奈才疏学浅，怎奈距离太远，怎奈何其有幸浅品而不敢一评！但愿若干年后再拿起时不要觉得有愧于它。只当真实表露和所感所言吧。

以梁先生的一段话作结：

"我可能比其他的人不同的一点的，就是我好像望见了，远远的看到了。看到了什么呢？看到了王阳明，看到了孔子。我是望到，远远地望到，并且还不能很清楚地看见，好像天有雾，在雾中远远地看见了孔子是怎么回事，王阳明是怎么回事，远远地看见。我的程度只是这么个程度。"

……

感恩节快乐

　　不敢贸然写评"大家"，不敢谈及很多想谈的东西，于是很多想法就在这样的疑疑惑惑中消失了。直到跟很多学哲学，爱哲学的朋友们谈起梁漱溟，有了一定的认可后终于鼓足勇气写了这篇草文，用了一上午的时间，唯恐自己井底观天的浅薄之见误导了什么，沾染了什么。一再用无知而无畏告诫自己，鼓励自己，直到有了朋友的鼓励方才吐了一口气，感谢大家，给我鼓励和勇气！也许因为这只言片语我会胆子更大一点，将自己的一些其他的感悟写出来与大家共享，并欢迎大家批评指导！朋友们不经意的轻轻点拨却释然了我内心的重，想来生命中从极重到极轻的过程就是这样吧！难以承受却托起了另外的轻！

　　今天是感恩节，就祝所有的朋友快乐吧！人间有一种缘起于随遇，安于喜乐。一颗感恩的心会永远快乐的。

　　感恩节快乐！

148

风　景　线

生活就是一道风景线！

有一句话说：到远方去，到远方去，熟悉的地方没有景色！是的，每天生活在京城的人一年都不一定到天安门广场去一次，更别说故宫、颐和园、香山或者长城。可是对大多数中国人来讲，能够到北京天安门、故宫这样的地方来却是一生的梦想。所以风景其实不在距离，而在心里。

生活是永远没有距离的，它无时无刻不在我们身边，如空气和呼吸，只要你活着就生活着！那么这道风景又是什么样的感觉呢?！

让熟悉变得陌生，让习惯改变一种方式存在，让你的心放飞在无处不在的空气中。当你的心长出了翅膀，你就会发现：生活就是天堂——自由与飞翔！生活原来就是一道最亮丽的风景线！

每天睁开眼睛看到第一抹阳光，伸伸懒腰，洗漱完毕，穿好衣服，化好妆，拿好随身的东西，开车奔驰在上班的路上，就算每天走同一条路，你也会遇到不同的车，不同的人，在路上，永远有不同的风景。听着音乐，流动在城市的大街小巷。总会给你不同的心情和不同的感受。春夏秋冬，四季轮回，大自然也会不断变换着她的服饰，令你耳目一新，告诉你时间的流逝，提醒你生活的丰厚。

每天面对哪怕是几十年如一日的同事和朋友，做着同样的事，时间和年代的转换也会像一面镜子，照出你的不同的人生经历。我们面对朋友和同事的时候，也许他不是你喜欢的人，但是他们真实的存在并且与你经历着同样的空间和事件，就像一面镜子，照出的是最真实的你，反观自身，你会有不同的人生感悟和修炼的结果，会让你看到变化，看到不同。若干年后，见梅惊笑，自是一坛醇厚的美酒，回味无穷……

同居一室，朝夕相处的爱人熟悉的程度更不必说。时间久了，会无语，无视，但不会无情。有语讲：审美疲劳，喜新厌旧！这其实很正常。如果从陌生到熟悉到一家人，那感觉永远像初恋般反而不正常。还有人说婚姻是爱情的坟墓，也不假，它的说法不同，是坟墓，也是归宿，生命的归宿不就是坟墓吗?! 所以从这个意义上来讲，婚姻是爱情的坟墓的说法倒是一个永恒的经典之说！换言之，生命最终的归宿是爱情！

父母、儿女、兄弟姊妹，亲情如手足！一母所生，一父所养，十个手指伸出来不一样长，长大成人几十年，再有孩子们三世同堂。无论是否同处一处，生活会给你各种各样的借口以亲情的名义让它成为不可放弃。这又是另一道风景。感慨父母的年迈白发，感受自己的负累和甘心的幸福，同时孩子的成长又给你动力和欣慰。这是生命长河里贯穿始终的风景。熟悉、不变却时时刻刻在改变着你的人生，不可放弃，不离不弃！

偶然的邂逅，休假的旅行，山水之间和不同城市的风景，人世的丰厚的文化与习俗，就在你生活中无处不在的感受和认同中……

人生几十年，熟悉的、陌生的；习惯的、单一的、反复的是形式，不同的是心情。太阳每天都是新的，生活每天都有新的风景，不是吗？

生活就是一道不断变化的最亮丽的风景线！

这个冬天有点儿冷

突然想谈谈关于头发，是因为我理发了，理了一个很多年都不曾理过的极短的短发！

大概有三四年了吧，一直想留一次长发，原因也很简单，就是我已经留了二十几年的短发了！

也曾有人劝过我，让我留长发，说女人嘛，还是要妩媚一点，飘逸一点，收敛和遮藏一点儿，要有女人味儿，不要太锋芒毕露。这其中很重要的一点就是留长发！但是我也只是在听的时候一笑了之，并未太在意。直到有一天，在一家美发店看到一位四十岁左右的女人理了一个寸头，感觉怪怪的。看上去蛮精神，也蛮干练的，但是就是不知怎么的，感觉她是一个没有爱的女人，一个独立的但是心里没有依靠的女人，可敬也可叹。毕竟女人还是要人疼的！那一刻，忽然就觉得一定要留长发，那飘逸的感觉不仅仅是外表的美，更是一种心态和从容的生活状态。于是下决心留长发。

三四年了，头发没留起来，却买了一大堆的卡子、头花之类的，为了那不长不短的头发。还经常美其名曰为了留头发要烫发，所以几年来就不停的烫了、拉直，再烫、再拉直……头发没留起来，倒是照顾了美发店的生意，这时才明白那么多美发店的生意是怎么来的，明白了女人的腰包是怎么被掏空的。更加明白了人生的很多事情也是这样，为了某种形式拼命地为自己找各种各样的借口，其实醉翁之意不在酒。

这个冬天有点冷！天气变化无常，心情忽冷忽热，坐飞机忽上忽下，职场生涯忽明忽暗……宏观调控了！房地产要降温了，还不只是要降温了！别墅限制了，高尔夫球场制止了！鼓励90平米住房的同时也在限制住房的过度消费……这个社会在物质生活极大丰富之后开始注意社会效益了。时代也许又要有一个新的开始，几年前的困惑现在变成了社会的主流———个人成就与社会价值……我的头发又感觉乱了——心乱了。于是理发，让我的头发又做了一回心理的牺牲品，这似乎预示着抛去烦恼丝，从"头"来过?!

头发是美丽的表象，但是有一个美丽的表象首先要有一个从容的心态。头发剪短了，心里的烦恼剪断了吗？理顺了吗？也许在决定理发的时候，心里已经放弃了什么，抛却了什么，不然这个年龄的女人不会轻易的拿形象开玩笑的。

从"头"来过，把自己逼到无法回返的境地，再让毛发沿着固有的发根和自然的规律，长出新的头发和发型。留头发是为了美丽外表的，但更是为了美丽心情的。承担是为了好好活着的，但是如果承担着不快乐的负载，干嘛不卸下来呢？

理发，为了美丽的名义，更为了快乐的心情。承担不只是为了活着，更为了快乐的活着……

理着一头短发，很轻松，很洒脱，在冬日的寒风里，有点儿冷，但是会很清醒！一个保持着清醒头脑的人是美丽的，智慧的，更是充满着豁达心态和希望的，明天的发型会是顺其自然的美！

这个冬天有点儿冷！

但是，冬天已经来了，春天还会远吗?!

外面的世界

齐秦有一首歌唱了一个年代，影响了太多的人，是因为有两句很经典的歌词：外面的世界很精彩，外面的世界很无奈！

而我想说：外面的世界太纷乱，外面的世界疯了！

从交通网络的高速路到信息的高速路，人们从两条腿到两个轱辘，到四个轮胎，从街谈巷议的四合院到高楼大厦人情的隔绝到收音机、电视机、电脑网络的信息高度充斥，从夜深人静的静读默思到色彩斑斓直观的影视剧，人的大脑不再思考，不再自省，太多的信息垃圾塞满了人的大脑，阻塞和遏制了人的创造力、想象力，占去了思考的时间和空间，使生存的感受每况愈下。一个又一个商业模式堂而皇之的披着文化的外衣影响和领导着时代的潮流，让人目不暇接的迎合着所谓社会文明，而让你无法停下来看看自己变成了什么样子！等到终于有一天停下来了，要么生命到了终点，要么终于发现一切皆空而走向末路。人类社会文明的终极地是人类自我毁灭！

外面的世界其实是相对于里面的世界而言的，可是又有多少人为了现实中里面的世界——家人，和意识中内心世界的追求走向外面的世界，而最终，外面的世界乱了，里面的世界空了！

这个世界疯了，人还何以为人?!

从极简单走向极复杂，是经历的丰富；而从极复杂走向极简单却是内心的修为，这种历练的过程才是人生的追求吧！

京城尽披黄金甲

北京冬日的朝阳像耀眼的金辉为京城披上了一层"黄金甲"！似乎印证着这京城的"贵"！

影视大腕拍"满城尽带黄金甲"，黄菊花，金碧辉煌的长廊，一水儿的黄金色的服饰……

卡拉ok的流行以及超女的出现，使得全国尽是黄金嗓……

流行有时会有很多巧合，不知是人为的还是客观的，但是相互影响是一定的。

沐浴在金色朝阳中的京城美不胜收！开车在上班的路上，听交通广播的一男一女主持人逗磕子般的贫着，享受着大多数人在堵车时的快乐，这也是京城一景！眯着眼，看一眼朝阳金辉下的红日，心里就升腾起一股希望和生命蓬勃的动力。享受，在这一刻，朝阳升起的时候！将音乐换一下，听一首自己翻录的歌，自恋也好，卖弄也罢，感觉把自己放在那儿旁观着看，挺美，听着听着忘了是自己唱的时候更美！这样的感觉，也是美不胜收！

一路风景一路歌！在路上，在朝阳照耀下的金辉中，在有序而拥挤的塞车的人流中，在都市上班的早晨，在自己充满希望的内心，无处不流动着美的风情，春夏秋冬，风花雪月。

在我们的眼里，这个我们生活的城市，我们热爱并赖以生存的土地，也许，无时无刻不是美不胜收！

——京城尽披黄金甲！

知识、文化、智慧

有知识者当有文化，有文化者当有智慧。

有知识没有文化者那是知识的奴隶，有文化没有智慧者那是文化的工具。

当知识转变成文化，就具有了行动力、影响力和创造力，当文化转变成一种智慧，那就是真正的力量了。所谓智慧就是抛掉知识和文化的固有的外在形态，在当下所表现的一种睿智的结果。表现在现实生活中就是以最快的速度抓住事物的本质并且迅速的解决问题的能力。真正做到道家讲的"绝圣弃智"——那个浑浑然如婴幼儿状态的返璞归真！

"可口"的可乐

　　喝可乐有若干年的历史，曾经有朋友告诫过我：喝可乐会上瘾！果然如此。几次想戒掉，可是找了几种饮料依然无法替代。于是不得不再次喝可乐，反复几次也就厌了，索性不管三七二十一的喝下去。美国人喝了几辈子了不也没事吗?! 只是一点不好，就是带的孩子们也跟着我喝，于是我们家里就长期的备着可乐。我非圣人，孰能无过？就当是我的一种过吧！原谅我！

　　昨天晚上喝了一瓶真正"可口"的可乐！本来喝到那口可乐的时候就感动的想记下来，但是因为第二天忙就没记，到晚上回家的时候发现放在楼道里的自行车没了——丢了！所以提醒我，即使是为了纪念自行车也要写下一笔了——一瓶昂贵的"可口"可乐！

　　孩子们不在家的时候，晚上吃过饭收拾停当后，老公和我有一个共同的事情就是玩游戏，那种已经没有什么人玩的最早的老式游戏机。一打开就是"小霸王其乐无穷啊"，老式的 16 位的卡。现在的孩子们都在玩电游或者 PSP，也许都不知道是什么样的游戏机了。总之是一种我们各自忙了一天临睡前的休闲活动。玩游戏的时候，我们会打开音响，听着各种各样的音乐或者歌曲，边聊天边听音乐边逗闷子，把一天来的从时事新闻到工作同事，从社会现象到家里的杂事聊个遍的时间。同时也以这样的方式对决一下，常常是他赢了就不行，要给我端可乐来喝，还要让着我点儿，不然我会攻击他，也算是夫妻之间的一点儿小乐趣。有时也会因为谁赢谁输争吵、打架，借以释放白天的辛劳和紧张。夫妻嘛，一年到头的为家庭奔波，为自己的事业劳碌，为孩子们的事操心费力，为老人的身体担忧。很少有时间待在一起，那些跟老人还有保姆居住的就更加的没有自己的空间了。所以与其说这是一种放松倒不如说是一种奢侈，两个孩子，家里既没有保姆也没有老人，一切靠我们自己。所以家里大事小情的都是自力更生，这点犒赏也算是自由的代价吧！只是，有时我会忘了买可乐，而老公却记得，似乎这一杯可乐是这个节目的必备的一环。所以每次我抱怨没有可乐喝时他都会"变"出一瓶来，而且很是得意。我能感觉到他的幸福——付出的幸福！

今晚没有可乐了！八点多钟，我们坐在了电视机前。老公明显的感觉到缺点儿什么，就开玩笑地说：你要是连赢我三把，我就给你买可乐去！于是我有了动力，竟然超水平发挥，连赢了两把。可是就在第三把时，老公可能感觉到了即将到来的失败，有点儿不服气了，一路追杀，把那个玛丽医生的药片疯狂的扔到瓶子里销掉，直逼得我输掉这关键的一局（也许他不是为了不买可乐，是为了自己的尊严和面子）。我气愤了，恼羞成怒的冲着他喊：你就是不想给我买可乐！我也看了，已经九点半了，你想买也没地儿买了……我撒赖的扔掉了游戏把，不跟他玩了。他一看我生气了，赶紧哄着我说："老婆别生气，我一定给买回来，你等着啊！"说完就出了家门。我很得意地走下床，将前两天给儿子买的一件内衣拿起来，用剪子剪掉那些没用的商标，以免扎他细嫩的皮肤（一直以来我们家所有的衣物买回来的第一件事都是这个程序，所以要想看我们的衣服的商标和牌子，除了绣在衣服上的图案，几乎不可能知道是什么牌子的）。我哼着小曲，收起衣服，刚想拨几个台看看有什么好节目，门响了。老公气喘喘吁吁的拿着一大瓶可乐回来了！我瞪大了眼睛望着他，不可思议于这样的速度和效率。同时也感动得送上了一个吻，美美的倒了一满杯可乐咕咚咕咚的灌下去，激动得说："我一定要写一篇文章记录这件事。我太感动了！"老公望着我，用还喘着粗气的声音说自己就像一只疯狂的老鼠，骑着自行车跑了三个地方才买到，有一家小铺已经变成棋牌室了，超

知性女人的禅意人生 ●

157

市也关了，是在诊所旁边的小店里买的。望着老公，我不禁的跟他讲，你能够有这样激情和麻利的腿脚去做这件事也是一种幸福啊！继续我们的游戏，继续我们的生活，继续我们的幸福时光。只是，我不再能够赢他——除非他想睡觉了！

平凡的生活，平凡的幸福，平凡的小事，平凡的感动。牵手的一生大概就是这样连在一起的，不经意的琐碎的感动带来的是一生的同甘苦与共患难。

也许，是为了加深印象，让我记一辈子，小偷也神来一笔，"可口"的可乐，在第二天的自行车的失踪后变得更加的昂贵和"可口"！

白天不懂夜的黑

[一]

酒会上你总是滔滔不绝
却不知道自己在说什么
生意场上你习惯摆出笑脸
却忘记自己该拒绝什么

SHOPPING 时你一掷千金
却搞不懂自己真正想要什么
你是谁？
是无数成功与失败加减后的得数吗

努力保持优雅
却感觉自己在扮演着别人
终于左右逢源
却不再有曾经单纯的快乐

建起了爱的堡垒，
却丢失了爱的激情
懂得了安身立命

却淡漠了理想与准则

［二］

酒会上要滔滔不绝
因为你知道自己该说什么
生意场上要摆出笑脸
因为你知道自己要拒绝什么

SHOPPING 时一掷千金
你知道要各取所需
你是谁？
是无数成功与失败加减后的得数

感觉到正在扮演着别人时
会做回自己的优雅
发现缺少单纯的快乐时
便不再左右逢源

建起了爱的堡垒
安逸的享受爱的激情
懂得了安身立命
便更加懂得了理想与准则

《批评万科?!》——一种态度

中国改革开放经历了三十年的风风雨雨，随着百年中国实现奥运梦想的无与伦比的收场，似乎历史走进了一个总结、反思和整合的时代。全球的经济形势也跟着一并地走到了这样的十字路口，以美国华尔街为代表的金融体系的崩溃似乎在告诉我们资本主义社会体系的全面瓦解。这让我想到了英国著名作家狄更斯《双城记》开头的那段经典名句：这是最好的时代，这是最坏的时代；这是智慧的时代，这是愚蠢的时代；这是信仰的时期，这是怀疑的时期；这是光明的季节，这是黑暗的季节；这是希望之春，这是失望之冬；人们面前有着各样事物，人们面前一无所有；人们正在直登天堂，人们正在直下地狱。是啊，这是一个多么好的写照。无独有偶的，在奥巴马上台前后关于公平经济的书籍的前言也引用了这样的话，让我不得不佩服经典的力量。

《批评万科?!》，一本近年来关于企业发展和房地产行业的书籍，一本关于"行业老大"的书籍，一本可以说是用近年来的媒体报道与无数的事件按照反思的主线重新整理和排列的书籍。所不同的是，他用了"批评"二字！跟近年来无数的类似的文章和书籍不同的是，他一改极尽张扬和夸赞之能事，以一个媒体人的角度，用大量的新闻和真实事件去剖析和挖掘深层次的思考。虽然这思考作者没有明确地讲出来，但也正是留给读者的意义所在。其实书中大部分的内容在不同的时期，不同的媒体上也都看到过相关的报道，有很多的事件已经不再是新闻，但是我所感到欣慰的是，这是一种可喜的态度！一个人的生活需要态度，一个企业的发展需要态度，一个社会的进步更需要一种态度。近年来，关于房地产行业的书籍有那么几类：一类是自传性质的，一类是企业发展的，还有一类就是管理、培训、策划类的。唯独媒体人的书籍少，也许是忙于新闻与报道的时效性报道，很难有人坐下来，真正去思考和整理大幅的数字和逻辑关系。这本书的出版填补了这样的空白，也更加具有了其他书籍不可比拟的分量和意义。前两年，冯仑出了一本《野蛮生长》，既是对自身成长的一个回顾，也是对企业发展的一种反思。其中不乏很多真实且无奈的困惑，也道出了时代发展与自身成长的关系，包括原始积累初期的原罪问题的解剖和思考。君子一日而三省！更可喜的是后来又看到了吴晓波先生的《激荡三十年》，这本书分上下两册，完整地回顾了改革开放三十年中国企业的发展和中国社会的变化……

改革开放了，人们富裕了，在物质文明极大的丰富之后，精神文明是不是也应该得到发展和改善？！过去的电影里一开演我们就知道谁是好人和坏人，现在我们已经开始拍《亮剑》、《重庆谍战》了。《批评万科?!》，我看到的就是这样一种态度———一种可以多角度的、不同的声音和质疑。中国文化讲"反者道之动"，真正的道就应该在这样不断的思考、接纳与反思中进步和前行的吧！

愿媒体多一些"批判"，少一些追捧，这样企业会在逆耳的忠言中少交一些学费。多一份真诚的提醒，少一份无谓的褒扬，这样企业会走得远一点。也希望我们的企业家在这样的经济环境中保持一份清醒的头脑，多一些苦口的良药，在前人从没有走过的道路上走的坚实而长远。

一个人走路，是对一个人的责任；一个企业走路，是对一群人的责任；一个行业的领头人，是对一个行业的责任。而这一切，最终是对社会的责任！

《批评万科?!》———一种态度！亦是媒体人对一个企业和一个行业的责任！

第三篇 回眸自然

——人 在 旅 途

所有的美，皆为自然之子

经历许许多多喧嚣和骚动之后，

回眸自然，感谢造化之伟力，会有更多的敬畏和感恩。

儒者，秩序；

释者，禅心；

道者，无为。

佛释道三教合流乃华夏之宗教者也。佛家治世，道家养生，佛家悟心。出世者，以佛心禅性贯通；入世之人，以仕农工商之术，功名利禄得势。道家以隐而显，大隐于朝，中隐于市，小隐于野而入世。

此乃天下一致而百虑，殊途而同归矣！

怀念那一片绿

    十年了，每天走过的路上有一片绿，是一个环岛。很大，没有雕塑，没有造型，没有除了绿色植物以外的任何东西。那是我们这个区域门户上的一个标志性景观，是它的脸。只可惜，这张脸，现在除了一个很不雅观的非正式的交通岛以外，便是柏油路面了！

    每年开春，大片的黄色的迎春花簇拥着盛开，那是春姑娘的问候。路过，环绕着走过，车窗外可以飘来她的花香，像一道流动的幸福的黄丝带，每天都会拂过我们的脸庞，掠过我们的心里，仿佛幸福就像她的盛开，每年都在这个时候向我们走来。感叹大自然的神奇，如画笔般地装扮。虽然这一片春色只有一周的时间便谢了，但是紧接着，这个环岛的四周会有更大片的鲜艳的观赏桃花盛开，姹紫嫣红，让人眼花缭乱。就像这个世界的魅力，让人目不暇接的陶醉其中。如果说，黄色的迎春花只是一条丝巾的话，那么周围桃花的盛开便是浓妆艳抹的粉饰登场，短时间内在视觉上冲击你，让你在春天的第一时间告别冬日的寒冷和寂寥，感受那朝阳下的春的气息。每每这个时候，就会想起"盼望着，盼望着，春天来了，春天的小草绿了"……好景不长，艳丽的景观，美好的事物总是稍纵即逝的，一周过后，抽了芽的行道树和柳树、槐树等一并的成为了占据大半年的主角，还有那环岛里的郁郁葱葱，于是，这一片绿就从这时起伴随我们走过春的清凉，夏的炎热，烦躁蝉鸣下的一个静谧之处，一直到周边行道树上元宝枫的枫叶红了……曾经深深的感慨，并将后主李煜的词改为"桃花谢了春红，太匆匆，怎奈朝来寒雨晚来风"。谁知十年后，没能逃过自然规律的桃花更没能够逃过人类文明的规律。发展的代价就是牺牲身边的自然去建设另一个人类的自然。人类在保护生态环境时往往提到的是森林，原生态环境和雪雨气候的维护，却不曾想过我们身边赖以生存的那一片小小的绿。人们忧患的呼吁造福子孙后代，却忘了不能够造福于现在又怎样造福于后世呢？不关心你身边的小绿又怎能有别人的大绿呢？也许，从我做起，从每件身边的小事做起，于大事更重要。

怀念那一片绿！因为短暂，所以留恋；因为赋予希望，所以更显得意义非常；因为陪伴，所以惋惜和遗憾。但是我们能够为她做点儿什么呢？看着它消失！

社会在发展，人类在进步。这个历史的车轮谁都无法阻拦，只是，带来了新的，也带走了旧的。抛弃了老的，迎来了新的。迎接那个新时代的同时，我们也将那些过去的记忆连同形式一并抛掉了。那短暂的春的景色，春姑娘艳丽而清新的容颜永远的只能留在照片上。明年春暖花开时，这里不会再有春姑娘的影子，我们眼中的画面消失了，但愿我们心中的春色能够随交通的流畅变得更美！

匆匆的，我们从两只脚，到轿子，到马拉车，到现在的汽车，交通越来越发达，可那么快的速度，匆匆忙忙的脚步，人们啊，你是要追着春姑娘的脚步去寻找春的影子吗？到远方去，到远方去，熟悉的地方没有景色！

明年，我们只能开车走出家门口，到什么地方去踏春了，去寻找一片澄静的绿，去问候春姑娘。

也许，这就是文明的代价抑或人类的终极追求?！……

秋 景 如 画

也许心已经被蒙蔽许久，也许大自然已经久不见峥嵘，也许生态环境和气候已经让我们不再奢望，秋天，这一年之中最美也是最后的景致已经好久都不曾观赏过了。也许是自己的心态的关系，今年突然发现，北京的秋天特别美！

金黄的银杏树叶铺满一地，踩上去软软的，弹性在树叶的缝隙间传递。顺手拾起一片，透过日光看它的纹路，那是天然的艺术品，是大地收获的来年绿色的食量，也是人们眼中的金秋。

香山的红叶当是北京秋天的一大景致，香山的闻名恐怕除了香炉峰，就当属每年的枫叶红时，漫山遍野的在风中摇曳。每当此季，香山便游人如织，中外游客因着枫叶红了的时候齐聚这里，留下了多少美好的如画的瞬间，也成全着无数爱情的故事。"停车坐爱枫林晚，霜叶红于二月花"！

有人说，秋天是大自然最后向人们展示自己美的一刻，所以就特别的妩媚和妖娆。因为寒冷的冬天就会肃杀的抹掉一切的色彩。虽然银装素裹也是另外一种美，光秃秃的树干会显得更加的坚强和清晰，但是满目的金黄和绿色交融的秋天，还有红叶……漫山红遍，层林尽染，万类霜天竞自由。江山如此多娇！

其实美永远都存在，关键我们是不是有一双发现美的眼睛，一颗感受美的心灵。

一 脚 刹 车

　　昨夜的一场雨让今早的天空格外的清爽，拉开窗帘，下意识的打开窗户，呼吸一口清冽的空气，贪婪的、深深的吸入并吐出积郁了一晚的废气，仿佛这一刻，人就会脱胎换骨了。走出来，连脚步都是雀跃的，心情不错！

　　听着发动机启动的声音，就像人在旅途的起点，这样的天气和心情人是充满着希望的。在路上的感觉一路风景，打开天窗，让车窗也让出它的空间，凉爽的微风吹拂着我努力了二十几年终于留得稍长的头发，打开汽车音响，让音响肆虐的狂吼出最新流行的 DJ，我心飞扬。就算我不知前路是何方，也迷醉于这样的流动的风景而一味的上路。

　　前方是一个丁字路口，正好绿灯，我右转，前面还有一辆车。就在我洒脱的用手掌玩转着方向盘准备随之右转时，一辆自行车出现了，是那种弯把的赛车。骑车人大概三十岁左右，弯着腰，斜背着一个小包，速度很快的斜插着要过路口然后转到机动车道右侧的自行车道，我及时的下意识反应——一脚刹车让过了他，车速自然就慢了下来。只见被让过的他左手扶车把，右手伸出大拇指高高的冲着我举起，转到自行车道后，又换了手，右手单手扶把，又将左手直挑起大拇指冲着我举起……一切都在那一脚刹车的一瞬间发生，没有人注意到发生了什么，我们也正常的各行其道，各行其是，但是，我的心却怒放着，美——妙不可言！

　　把音响放得更 Hing，盖过了风声、汽车的噪音和马达声，有点儿

166

招摇过市。一个女人，开着一辆红色的轿跑，在天高云淡，神清气爽的早晨，构成了一道城市风景。但是，真实的风景在我的心里——美不胜收，就在那一瞬间的一脚刹车，让我的心情有了质的飞跃！

大千世界，无奇不有！茫茫人海，芸芸众生，画在路上的是交通线，守住规则的，是人的心。没有语言，没有指示，一瞬间的谦让构成了一幅和谐的画面。各行其道，却也有交叉路口，擦肩而过之时，一脚刹车，让规则得到了最完美的诠释！

喜怒哀乐之未发谓之中，发而皆中节谓之为和，此为中和之道也！

生活中得意之时，神采飞扬之时，忘形之时的一脚刹车，我们会踩吗?！刹好这一脚——阳光灿烂的日子！

享受"柔软时光"

第二次到丽江，这里是中转站。因为行程安排了去德钦香格里拉，梅里雪山、飞来寺。

因为来过，所以没有太在意。虽然上次的记忆很深刻，但是更多的是自己内心的感触。对丽江的了解和感受仅止于古镇的小桥流水，丽江人家和纳西族人。也是走马观花的走过，在路上的行程，也不过是玉龙雪山的索道，4506 米的观光石，还有牦牛坪对歌的藏族女人。虽然很开心很震撼的走过，但是时间太短，来不及细细的品。这次同样是路过，在经历了香格里拉的高原考验和长途旅行后再回到丽江，已是接近黄昏。

吃过晚餐，几天来的倦意和疲劳仍然不能够抵挡小镇的诱惑。冲过凉，换上随意的衣服，随身只带了手机和一些钱，双手插在兜里，悠闲地踏着青石板路沿着古镇的中心街道游荡。在这里，就是这样的感觉，迷路、闲逛，不知道时间为几何的世外桃源。上次来，在小镇里逛逛，看到的大都是手工艺品，还有临街劳作着的手工艺者。印象最深的是那些作画的人，烫画，木刻，一个个小手工作坊和店铺和谐地连为一体。你走进去，并不影响他们工作和创作。东西放在那儿，你观赏也行，问价也行，喜欢你就买走，不喜欢或者不如意就看看。那份淡泊让我感觉这才是生活。那么真实，随意。想起余秋雨的《行者无疆》中对那些威尼斯商人的描写，或许他来到这里应该另有不同的收获——欧洲的文明和中华民族的古文明的相似之处或者还有更多超越的东西。现在的古镇，到处都是琳琅满目的小店，各色的披肩，围巾，纳西族的、摩梭人的手工艺织布，还有各种少数民族款式的银饰。街道也很商业和规范的整齐划一的有了各种名称和功能。主街太闹，太喧哗，于是我选择了旁边的蹊径走向另外一条街道。丽江的小镇有一个很好的地方，那就是在主要的街道口都会有一个木制的指路牌，精细的记录你所在的位置和周边的道路景点。其实迷路的是心，只要你想找到方向随时都会找到。这里是容仁街，街上的游人明显的少了很多，我终于松了口气，信马由缰地继续我的"柔软时光"。这里我发现了更为幽静的小巷，似乎这里居住的人跟临街喧闹的市景完全的隔绝了，那是另外的世界。我诧异于这样的共存与和谐，中国有句哲言：反者道之动。也许这就是那个"道"的具体体现。又曰：相反者相成！

又穿过了几条街道，不知不觉地，漫无目的的，眼前出现了一个很小的门脸，就一扇门那么大吧，但是牌子却很醒目地遮蔽了那个门——柔软时光客站。也许心有所属，逛了大半天，看似漫不经心，却又全然在意的我一定是走对了心路，竟然来到了这里——一个已经成为丽江的品牌标志的客栈。这样的文化彰显了丽江独特的魅力所在。走进去，狭窄的过道里，墙壁上却丰富得令人目不暇接，到处随意的贴满了图片和留言，相识的不相识的，来自天南海北的不同的陌生人在这里寻找那个自己的"香格里拉"。这个过道幽深的就像是没有尽头的人生之路，却又让人浮想联翩，不知道里面会是一个什么样子。虽然充满了好奇但我还是没有继续踏进去，因为我想留点儿念想给更加柔软的时光尽情地享受那份神秘和悠长，还因为那是属于青春和爱情的地方，属于邂逅和艳遇。不然为什么一米阳光会在这里？多少殉情的美丽故事充盈其间。小巷的神秘和悠长就是因为那些细腻的爱情故事刻在了每一块青石板上，那时光的柔软也舒缓地留在心坎儿里。带点儿遗憾，是为了下一次再来寻找理由。留点儿心念，是为了无穷的回味。

木府——是丽江古城里的重要景点之一，晚上的木府更加的多了

知性女人的禅意人生 ●

169

几分庄严和肃穆。但是形单影只的我也多了一份担心，昏黄的灯光映射着我的影子伴着我，在那个高大的已经关闭的门前有点恐怖。正想着离开，突然看到一条很大的狗，没有带链子，和我的影子胶着在一起，使本就怕狗的我顿时打了一个激灵，呆站在那里不知如何是好。附近本就无声的夜好像都睡着了，只剩下我和那狗的影子。还好，就在我为难的惊恐得不知所措的时候，狗的主人——一个穿着很讲究的女人出现了。飘逸到胸前的直发，那条灯笼裤和五颜六色的纳西族小布衫在眼前一亮，似曾相识的感觉，却张扬而自在。让我们虽然看不清对方的脸但还是感觉友好的相视一笑。她手里拿着狗带子向那狗扬了一下，便洒脱地走开了。一场虚惊，一段小巷里的插曲，我不禁站在原地又笑了一下。既笑自己的胆小又自嘲于自己的表现，心里想着：这样的女人一定是三毛一样的女人，走过了都市的繁华，经历了人世的情感故事，内心充盈着个性的光辉，在这里寻找自我的恬淡与从容。也许，若干天或者若干年后，她还会回到都市去寻梦，去完成她应有的世界里五色斑斓的梦。这里之所以让人流连忘返，是因为可以疗伤，可以做梦，可以暂时的避世。逃避未尝不是人们生活方式的一种。但最终，每个人都会有他的归宿。宁静的小镇和桃花源因为清静无为，因为短暂才显得更加可贵。要求得心静需得到山里去，到荒无人烟的山林修行。但究其实避的是心而不是形！桃花源记里讲的不就是这样的意境吗：结庐在人境，而无车马喧，问君何能尔，心远地自偏。

170　　　走出木府街，向着有灯光的地方，那里是一家酒吧。这是一家清吧，没有演奏，只是喝酒、喝咖啡，聊天的地方。似乎不太景气，两个服务生在门前闲聊着，没什么客人。也是，此时已近午夜，四方街的酒吧正是人声鼎沸，灯红酒绿，一派都市的喧闹，与这里格格不入的两个世界。我不就是要图清静才走向这里的吗?！可见这里的老板想得到点儿雅俗共赏的差异化定位不一定有人买单啊。

　　　转过这个街角，看到的是更加幽静的小巷。昏昏黄黄的路灯映照着湿湿的青石板路，看着我的影子，心也变得湿湿的，感受这样的静谧和难得的闲适，心里一时就不知道该想些什么好。其实这时什么都不想最好，比那荷塘月色更加的纯粹和清幽。道路两边都是各色的客栈，名字五花八门的刻满了个性和艺术的符号。装潢更加的彰显了主人的品位和素养。站在街上看风景，就像一幅幅的立体的画面不断地切换着镜头，用最好的视角诱惑着你的心。这时心里空空的我恰好照单全收，一次立体的电影播放——在我的脚步里，在我的心里，在路上……

没有月亮的夜！因为灯光太耀眼，遮蔽了月亮的光辉。因为人间太喧闹，又太丰富，月亮让出了它的位子，躲在了香格里拉的雪山上。但是冥冥中他还是给我照亮了回去的路。虽然我已经不再思考，虽然我已经不知身在何处，但还是走回了那条喧闹的街，走到了让人垂涎的烧烤旁。正好累了，找一家酒吧，重温一下丽江的烤韭菜，辣椒面，来一瓶啤酒，独自品饮。回想起上次到丽江那个夜晚，甘海子酒店，雪山下，跟纳西族小姑娘一起吃烧烤的情景，仿佛就在眼前，刻骨铭心。明天一早，无论如何，要去买一些辣椒面带回去，延续这份记忆，让心继续享受柔软时光。

一段孤独的旅程，一段自我的时光，一段难得的奢侈的发呆和失忆，让我记住：下次再来时，遇到牵狗的女人，要与她同行，说不定又会有意想不到的享受。到喧闹的酒吧坐坐，跟三五个人一起唱唱歌，纵情的在这里歌唱一把，也好让静静的时光留下点儿色彩。享受不同，享受多面的人生，享受美好时光的同时把带走和带不走的都留下，只要心里带走柔软就好！

第二天去纳西族的工艺店，准确地说是书店，买了两本书：《纳西族象形文字》和《丽江的柔软时光》。店老板是一位当地地地道道的纳西族小伙子，但是带着眼镜很斯文的样子，如果他不说倒看不出是本地人，文化的包容和同化让这里更加的大气和和谐。为了做纪念，也是一种留恋的情怀，我请求他在我买的书上盖上他们书店的章，没想到他热情地毫无保留地将他手里的所有的章都给我盖了个遍。除了丽江古城、玉龙雪山，四方街还有大研古镇的外，还特意的给我盖了"上善若水，厚德载物"的图章。也许，对于喜爱自己家乡文化的人有一份自豪和骄傲的情结吧，小伙子的高兴劲儿从他的眼里一览无余地流露出来。很认真地盖完章，还一直在说：你真会买书。这两本书很有代表性。于是我的书不仅有了纪念，还多了层人情和文化。

　　心满意足地离开，依依不舍的怀恋，我的柔软时光，从这一刻开始，不再有地域之分！

澳门印象

珠海距澳门一关之隔，一桥之距，近在咫尺。却也就因为这一"关"口，显得有些遥远。更何况在大多数人的眼里，澳门是赌城的代名词，似乎这里永远是灯火辉煌的夜，灯红酒绿的娱乐城，还有就是电影里的黑社会印象。很多次想办张通行证去看看，都会有朋友说：女人去那里干什么?!

而我终于还是踏上了澳门的土地！这是一段说不清的宿命和缘分，不是旅行，不是商务，不是探亲访友。亚公大召唤我，让我不仅踏上了澳门的土地，还要在人生的经历中烙上一个深深的印记，这是一个阴差阳错的美丽邂逅！让我想起一句经典：人生就是一场误会！

没有跟同期的学员一同出发，我又一次选择了独行。在拱北海关，经过两道海关的检查后，排着队候着，在大厅里一个人一个人的挪着。看着检查人员漠然的表情和机械的动作，燥热的天气和躁动的我都平静了许多。他们长年累月的重复着这样的工作，凡是进入到澳门的每一个人，包括本地居民都要这样不厌其烦地走这个程序，这样的麻烦也就习以为常了。工作——只要需要谁又不是不断地机械重复呢?!

终于走出了海关，站在安检出口望着眼前的建筑物，顶着炎热的阳光拖着箱子去找酒店的接送巴士。路过一个半地下立交桥旁的小街，那里几乎是货币兑换街。走过去就看到了各大娱乐场所和酒店的免费巴士停车场。周边拥挤的环境，破旧的建筑像电影里看到的老香港。而那些巴士也都是一些老旧的中巴，看上去像内地城市里的中巴公交车。终于找到了酒店的车，没人招呼，司机半躺在驾驶座上假寐，除了前挡风玻璃嵌有一块牌子外再没有任何的标志。如果不是提前订酒店的小妹跟我讲了情况，我还真的不知道该怎么走。

跟着坐了一半乘客的车跨过了一座长长的桥，终于到了酒店。一个奇怪的现象发生了：一条长龙似的队伍排在敞亮宽阔的大厅里，我找不到订房的服务台。于是转了半天，发现那条长龙就是在等待拿房！汗！走过了那么多地方，第一次遇见这样的事。无奈，走进了24小时超市，买了一盒哈根达斯坐在圆桌旁等待，顺便与超市的老板娘攀谈起来。原来这里每天的入住时间是下午2点。所以这个时间让我赶上了。也好，就当是一次不同的体验吧。一直等到3点，那里依然排着队，我一看大事不好，还是老老实实地排着吧——无奈！

这家酒店是一家五星级酒店，大堂富丽堂皇，欧式风格做得很是气派，就连悬挑的二层廊柱都是希腊女神像的雕塑。而房间虽然很大，也看出新装修的洗手间，但是走廊、房间的设施和电器等都显示出这是一家很多年的老酒店。之所以大堂装饰一新的炫目登场，是因为它的地下一层开了一家叫"希腊神话"的小赌场。哦，顺便说一句，酒店的旁边就是著名的澳门大学。其实很是诧异于这样的城市功能。文教设施与酒店赌场同时存在且比邻，不知这是一种成熟还是无奈或者巧合。就像泰国，到处都是人妖确是一个人人都奉行小乘佛教的国家。也许，这也算是"相反者相成"的道吧！

收拾休息后再走出来，天已经黑了。拿着地图到大堂的一个卖红酒的柜台前想看一看，谁知，跟那个柜台老板娘的一席话倒成了澳门之行的第一收获。她先是对我的询问爱搭不理的，然后就是在知道我是北京人后就把北京说的一无是处。我微笑着看着她，很恭敬地听她说她的北京印象，似乎我尊重她的态度让她觉得有点儿不好意思，便主动地向我介绍起了澳门。说澳门是一个具有四百年历史的城市，古迹、生活习惯等都是葡萄牙人留下来的。言语之间充满了对过去生活的留恋和赞美。我静静地听着，无论如何，这不是历史，不是讲坛，是一个澳门的普通老百姓与一个游客的邂逅和不经意的对话，我只在乎它真实，存在即合理！其实我也无需去印证她的合理性，在这个中年妇女的眼中和心中，这就是她的看法和说法。当我以很客观中正的语言和态度与她交流到她很高兴的时候，她适时地告诉了我现在我想去的地方就在附近，约十分钟左右车程的夜市——官也街！这是走进澳门人生活的感觉。

打车前往官也街，司机是一个五十多岁的当地男人。很友好地与我聊起自己有五个孩子，还与内地的一孩化联系在一起，直说那样等老人都上了年纪孩子负担太重。多几个孩子，这个不好那个好，总也还可以有些照顾。都是老百姓最切实的考虑。到陌生的城市打车，这样的收获是最难能可贵的！

华灯初上的官也街是一条步行街，不大，两旁除了当地的一些特产外就是一些小餐厅，人流不多但是也挺繁华。让我很诧异的是，那么窄的步行商业街却在路的中央摆放了很多的花盆和坐椅，既分隔了进出的人流，还为人们提供了可以休息歇脚的空间。这让我想起我们的商业步行街，即使是很宽敞的街道也很难找到一个歇脚的地方，空间资源的浪费和城市功能的布局不合理随处可见。甚至于有的城市终于有了可以歇脚的地方，便成为有偿使用的商业经营模式，不消费者禁用。要么浪费掉，要么无孔不入的商业。

走出那条步行街，街口处有一个类似中国古镇戏台的建筑。是一个公共的活动空间，又像一个简易的小公园。道路两旁的路灯灯竿上，东西南北不同方向的路牌指示，明确地告知你周边的建筑物和地名。站在昏黄的路灯下，感受这条古街的味道。突然看到了公共汽车站牌，紧接着竟看到了公共汽车——在那个只有公共汽车车体宽的街道上。单行线——秩序，我眼里的感受。商业、住宅、公交车、餐厅，和谐一体的存在。就连那街道两边的老宅子门楣上因潮湿和苔藓长出的树杈和小花都成为了一景招摇着，而且我还发现了一点：所有的道路都是由碎石拼成的，既装点，又不失平坦和渗水的功能。走出来一路都是古树围绕，花草点缀，木椅、石凳随处可见。一个成熟的城市面貌，沉淀着、积累着，也昭示着它的人文、历史与风貌。

慢慢的、闲散的几条街走过才发现，它们都是相通的。幽静与热闹，繁华与静谧，街道与小巷，教堂与学校，咖啡屋与餐厅，酒吧与茶吧，还有麦当劳、肯德基这样的快餐厅，紧凑而集中地在夜里和谐共处，疑似到了欧洲，阿姆斯特丹的小镇。

澳门凼仔的夜——官也街，宁静中的繁华，古朴中的喧闹，我的澳门第一印象——味道……

那消逝的仅仅是记忆

走下飞机，一股热浪扑面而来。阳光灿烂的珠海又一次以它保有的热情拥抱了我。走出机场，耳边响起了许多年前的一首粤语老歌《飘雪》：又见雪飘过，飘于白雪中。让我想起你，忍不住我心痛。晚风吹我醒，原来共你是场梦，看那飘飘雪泪下……原来是那么真爱你，痴情伴着我追忆的心痛……恍惚间，竟有一种今夕何夕的感觉！宽敞的大道，还有珠江，绿色的养眼的世界，带着些许变化的城市街景，这个城市，这个我曾经要视为归宿的城市，转眼间变得不知道如何去感觉它。甚至——恍惚，现在用它来形容我此刻的状态再恰当不过，感受岁月变迁……

十几年前，年少轻狂的我因为喜欢这里的环境而在这里安置了我人生的第一个家，并且将自己变成了这里的正式居民！曾几何时，希望晚年在这里度过，早早地为自己设定了老年的归宿。人生太长，想起辛弃疾的词：少年不识愁滋味，为赋新词强说愁。而今识尽愁滋味，欲语还休……十几年人世沧桑，十几年风风雨雨，转瞬即逝的时光，当年的想法已不复存在。如今，从北漂到落户北京，再来珠海，家还在，人却又是外地人了。我们这一代，享受了自由的迁徙，也饱尝了流浪的滋味。正如前几天有朋友在谈自己奥运期间因各项管制不得不休有生以来也许最长的假期的时候的感慨：逍遥抑或流浪?！终究，我之于这个城市，是个过客，匆匆而来又匆匆而去的过客！

虽然，我喜欢珠海！滨海花园、情侣大道、圆明新园、拱北的步行街还有香洲的书店……这个我始终认为很适宜人居住的城市，却因为这样那样的原因没能够成为我最终的栖息地，来了又去，去了又来。不知道因为什么来，也不知道因为什么走。人来来去去似乎总应该有一些现实的理由，而我的来去就是因为这儿有一个住所。这个理由让我十几年来总能够找到时间和理由到这里，魂牵梦绕的转上一次。去拱北的步行街那家桂林酸辣粉店美美地吃上一碗，辣得像夏天酷热的狗，直伸舌头。还是情有独钟地每天必到，再配上一碗冰凉的绿豆沙、几个煎饺子。可惜的是上次来感觉味道不对，一看原来老板换了。于是留下了一个遗憾，也就遗失了这个念想。

原来家门前的高尔夫练习场变成了高楼大厦，人越来越多，生活越来越方便却缺少了几分宁静和闲适的安逸。孩子们玩耍的游乐场——那个给儿子留下深刻记忆的黑猫警长消失了，取而代之的是公共道路。曾几何时，儿子心目中的珠海就是那一大片绿地上的黑猫警长。那一栋栋高楼就像积木一样挡住了我们小区的视线，也阻隔了外界的喧扰。凡事都有利弊！

那个古老的镇子的菜市场没了，到处是超市和五花八门的小店铺。街道变得整齐了，市场变得成熟了。我却感觉丢失了点儿什么，看不到老电影院和旁边摆着棋桌的老人下棋的情景，看不到孩子们肆意玩耍的纵情。文明了，那个以前特有的文化和生活气息被文明消逝了，改造了。如果进步是让北京和珠海拥有一样的高楼林立，不再有它不同的变化和风格，那么今天的丽江和香格里拉恐怕明天也不会再有人趋之若鹜地流连忘返了。夜色阑珊的街道——都市的街道！

也许，恍惚之间，我的失落跟这些有关?！也许，是我的心在哪儿失落了抑或停滞不前了。

有人说：当我们经常回忆的时候，说明我们开始老了！如果老了可以留住什么，那就让我们老了吧！

——我真的老了！

推己及人

在海南的乡下，因为要做规划，故请了几位美国的设计师到现场察看土地情况，这个过程中，发生了一个小插曲：在路上，看到一位老太太，大概有七十几岁了，佝偻着背，黝黑的皮肤，精瘦的身板，光着一双赤脚，走在茂盛的草地上。我们走过她的身边，同行的海南干部用海南话与她打招呼，很亲切。而老外就举起相机拍照，拍这样原生态的人与环境，很和谐。这样的场景和人物对他们来说可能更具人文价值和纪念意义。而同行的另一位在美国工作和生活了若干年的中国人很感慨地说："看到这个老人，有点儿自惭形秽。"我不解地问为什么，他解释说，那么老的老人光着脚在路上走，我们不能够帮助她，有点儿惭愧。我半开玩笑半认真地说：也许正因为她光脚在草地上走，她的身体才这么好，也许那就是足底按摩呢！

"你这个解释有点儿意思，这是有钱人的说法！人家连鞋都没有，还按摩呢。"

由此，我忽然想，我们生活在都市里的人，还没有这样的条件和机会到这样生态的环境和草地上光脚行走呢。不同的人生会有不同的享受。人生苦中作乐，关键在于你自己怎么看。你认为你给她点儿钱或者什么东西是帮助她，而她并不认为那是好的。你帮得了她一时，帮得了她一世吗？也许你的同情和帮助打破了她的正常生活，给她带来的是打扰而不是帮助。顺其自然，自然而然，我们的生存环境也许不能改变，但是我们的生活未必是别人也能够接受的生活啊！

曾经听过这样一个故事：一个北京年轻的女记者到西藏去，看到一位妇女在河边洗衣服，于是与她攀谈了起来。那妇女问她从哪里来的？她说从北京来的。

那一定很远吧？

是的。你家在哪儿？

在离这儿一公里的地方，这是我到过的最远的地方了。从小到大就在这一公里方圆生活。

女记者很怜悯地看着她：真可怜，一生就在这么小的地方度过。

你是坐天菩萨来的？（据说很多藏民将飞机称作天菩萨）

是的。

啧啧，那妇女咂吧着嘴，怜惜地说：一个姑娘家，离家那么远，怪可怜的！……

每个人的生活都有自己的背景和文化，每个人的人生都有它的规律和观念，习惯了，安定了，随遇了就是好的。不用推己及人地认为我们的认识一定就是别人的认识，当然，有仁慈和同情之心是好的，但千万不要因满足自己的仁慈和同情心就打扰了别人的生活。

儒家的推己及人，明知不可为而强为之的入世和道家的自然而然，随遇而安，无为而无不为无处不在。

常怀感激之心，感谢命运赐予我们的一切！有时命运的特殊眷顾恰恰是考验我们的试金石，偶然的机遇和特殊的缘分带给我们的不一定是幸运，只是不要打乱了我们的正常生活，不要迷失了自己就好。

真正的帮助也许来自内在的触动和由内到外的脱胎换骨！

月　色

今晚的月亮真圆！从来没有这么认真静心地去赏过月！

趴在温泉的药浴池边，将头侧着枕在手上，胸和腰紧贴着池边，将腿向后伸展，形成一个倒弓形，闭着眼，听，耳边蛙鸣和虫叫，还有那让心睡着的瑜伽乐袅袅地飘荡在无处不在的空气中，仿佛它本就是空气中的！许久，缓缓地睁开眼，却见眼前一轮皎白的明月，那么纯净，那么圆，不真实，像画儿上的，更像电脑的桌面图案。是一丝风？抑或是一个音符，拨动了月亮旁的一支椰树叶，一眨眼，方才见这椰树月影前还有一角草蓬，证明那真实的存在而非虚幻……物我两忘的境界原本如此啊！我就这样趴着，任由月亮一眨不眨地盯着我，任由柔美的风和着音符熨贴着我的心，任由身体在水中散成不知何处……我是如此的贪婪、忘我地吸纳着这一切，深深的，吸一口气，再由心底呼出来，吸进了什么和吐出了什么都不知道，仿佛那器官的运动已不是我支配的，是什么？抚着我的心像绸缎，不，似水般无形！周围的一切与我都没有任何关系，包括时间、空间，"什么都可以想，什么都可以不想"，朱自清在写《荷塘月色》时也许就是这样的心境吧！无心而月自在！

再次地睁开双眼时，仰面躺在水中望月亮，我回到了现实中，突然感到从心底涌起一种彻底的孤独，无以言状的，无论对谁，只能对自己！

我望着月亮，告诉它，永远不要去埋怨别人，无论你做什么，失意痛苦的时候，你要知道是你没有看明白——日月的白！无论用什么样的理由掩饰都是自己的问题。人不能够左右和控制他人，难道你不能够左右和控制自己吗?! 是的，每个人都会有缺陷，人无完人，但是人一生所谓的追求的过程不就是不断弥补缺憾的过程吗？补了这个，拥有了还要再追求另一个……到底这个圆要画多少个？是同心圆还是螺旋上升的？从起始到终点，从开始到结束，从创造到毁灭，人啊! 究竟何处涅槃?! 你又要怎样才能"安心"？"一口气不来，三尺身何托"？空灵啊，就像这月色，澄碧、透明、静谧，无论怎样，它都只能挂在天上，落入水里的也只是一汪空影，更何况还有那孤独的玉兔和嫦娥，有几人能懂得、欣赏，更不要说去拥有!

月儿啊! 这是你的命! 你清高孤傲的命! 你阳春白雪的命! 你不食人间烟火、不与人为伍的命! 虽美却只能远瞻不能近观；虽每晚与自然相融却永远在天边。

因为你远在天边，才孤傲而神秘；

因为你在天上，而注定水中月是一场空；

你不能要的太多，很多事情注定了那必然的结果。你岂能像我，心乱了上哪儿寻自在啊!

月色太美，独享的这一刻，美不胜收!

不远处响起了军号声，划破宁静的夜和轻柔的弥散着音符的空气，是旁边部队的熄灯号。穿过军营，冲破界限，在茫茫夜色中回荡。那嘹亮的带着命令的铿锵竟也与这月夜和宁静和谐地融在一起，像是被水化掉了，又像是对立的统一。待军号过后，一切又恢复了! 远处小木桥上扶廊的灯柱，倒影在水面上形成了镜像，一群鹅从那里游过，嘎嘎地叫着划破那光影，碎成一波波的光纹，映衬着岸上的静……

多美啊! 此刻用心境感受的美又是那么的无以言表，一并的进入梦境吧!

有时，不睡的人也会有梦!

玉　带　滩

神奇的玉带
阻隔了天际
似阴阳相分
回复天道

神奇的玉带
造物于无形的水
似天作之合
无形于有形（融汇其间）

神奇的玉带
海水千层浪
玉浪漾金滩
一滩飘然（带）

沉静的优柔
奔涌的豪放
如一曲交响乐
奏响于玉带滩左右

天作万物的相合

天人合一的境界

一条玉带

上天完美的赐予

在 路 上

又是一年的六一节，儿子七岁了！带着他跟着汽车俱乐部的车友们去坝上草原看风景，品尝草原的烤全羊，领略大自然的风光，过了一个有意义的节日！

周末，照例地接他回家。但这一次从学校接上他便一路狂奔到八达岭高速的官厅服务区，与已经聚集到那里的俱乐部其他车友会合。在车上插上小旗，贴好车标 21 号，领了手台（对讲机）便整队出发了。这里有一个环节是一定要记的，那就是因为出来时匆忙，车里的油只能够跑不到两百公里了。但是服务区里没有 97# 油，93# 汽油也要有油卡才能加，而且只能加 50 公升。服务区里排着长队等待柴油的大货车更是苦不堪言了！油荒——我第一次感受。

于是，走出来，满脑子想的第一件事就是加油！

儿子从学校出来，脏脏的，把换洗的衣服给他，到车的后座上换好。然后就开始吃我给他带的樱桃和熟食，边吃边满足地咂吧着嘴，这时的我很满足，也很幸福！但是儿子的第一句话是：今天我们周老师病了！病得很厉害，还吃药。连课都没上。我问：什么病？他说：不知道。我又问：你问她了吗？他答：我们当学生的怎么好问？我于是很奇怪地看了他一眼，然后说：那好，回来妈妈给周老师打个电话问候她一下，好吗？儿子很淡地说：嗯！然后继续吃他的东西（他这样漫不经心却很是在意的表现常常让我感叹作为男孩子的特征）。然而他的鞋里散发出的臭气让我实在无法忍受，我不知道这样的孩子哪儿来的这么臭的脚，打开所有的车窗也不能让我更舒服一点儿，而他却坏坏地说自己什么味儿都闻不到，啊，无奈，忍受！

　　打开车窗，有了另一番的享受，于是，我打开汽车音响，用久违了的 DJ 来掩盖随车而逝的风声。天窗、挡风玻璃、疯狂的 DJ，载着我的儿子——我的幸福和浪漫一路奔向坝上。一路上，手台里不时地传出车友们这样那样的问题和声音，儿子很仔细地听着，也会琢磨那里的问题，跟我交流。这是我带儿子参加俱乐部活动的初衷，希望他跟更多的陌生人交往，学会观察和认识，见识更多的不同的世界和人群。男孩子，将来要闯荡江湖，不能够太闭塞。要更多更广的范围的接触世界，才能够更加准确地分析和判断事物。

　　一路上，找油成了一项额外的任务。走了几个加油站，终于找到了。一辆当地的警车在加油，儿子去问，说有 97# 的油，可是当我们的车队到达的时候，再问就说没有了。连 93# 油都没有了，只供当地的车辆。无奈，我下定决心，只要有油就一定要加满，决不含糊！终于到了一个很简陋的加油站，不管三七二十一，加满了 93# 的油。这下心里踏实了！虽然车子开起来会有没劲儿的感觉，但总比没油走不了强。虽然车友们在手台里一直在讲，不会丢下任何一辆车，不然就在他们的车里抽油，我也不想给大家找那个麻烦。我儿子于是感叹这里的人都很善良，很有爱心！他一刻不停地在观察和思考着他所感受到的一切，我也很是欣慰！

　　夕阳西下，太阳的余晖照着越来越清凉的大地，景色很美，到了傍晚，天边有一抹云还是亮着的，像日出之前的光芒。跟儿子讨论什么是夕阳，什么是黄昏，什么是傍晚，感受时光的流淌和光线的变化，流动的风景线。

　　天黑了，我们终于到达了目的地。丰宁坝上的一个叫牛仔城的度假村。几个牛仔站在门口敬礼欢迎我们，还有鞭炮齐鸣。晚上大家一起吃完晚餐然后还有烤全羊，围着一只可怜的羊品尝着美味。篝火燃起，但是没有歌声，没有激情在空旷的草原的夜空，还有万籁俱寂的草原之夜。有酒，有肉，有篝火和烤羊，但是没有人的痕迹，有点儿遗憾。晚上睡觉之前，很凉的水，凑了一点儿热水让儿子洗那发臭的脚，然后钻被窝。我呢，给他整理一周的生活包，给他刷洗那臭死了的球鞋。儿子一再问：妈妈，什么时候睡觉？您也早点儿睡吧！您睡的时候一定要在我的右边啊！我问为什么就一定要在右边？他说那是我捂的被窝，会暖和一些。说着就转到左边凉的一面，边转边说：真凉啊！我很感动，想起《三字经》的"香九龄，能温席"，告诉儿子：傻儿子，谢谢你！但是你这样转过去，一会儿妈妈睡的时候那边也凉了，你还是在这边睡吧！妈妈不会冷的。我的傻儿子，经常这样让妈妈感动！

　　草原的早晨似乎来得特别的早，五点半儿子就醒了，开始跟我聊天。睁开惺忪的睡眼看窗帘透进的晨光，有些刺目，也清爽。早晚的温差让我不禁又裹紧了被子，闭着眼睛有一搭无一搭地敷衍着儿子的含混不清的问题。突然听见一阵像鞭炮一样急促的声音打在屋顶上，仔细地辨认了很久才明白，原来是一阵急雨。起来看窗外，地下湿湿的，一扫昨晚感受的干燥和尘土，也让我清醒了。于是儿子睡不着了，起床出门要去玩，我也只好跟着起来。站在门外，看雨过天晴的蓝天，太阳在一阵雨后露出了笑脸，阳光灿烂。伸一个懒腰，活动一下，看到已经有人在打羽毛球了。把儿子的足球拿出来，打好气，踢两脚，真惬意啊！吃完早餐，是自由活动时间，跟着儿子去骑马。草原的天气真是多变，刚才还是艳阳高照，一转眼就乌云满天，而且越聚越浓。跟儿子选了一匹又高又大的马，一起由牧民牵着信马由缰地在草原上溜达。儿子用小手抚摸着马的鬃毛，感慨地说着马毛真软哪！真光滑，我还是第一次这样摸马的鬃毛。这马的耳朵像狼的耳朵。一路上，他看到了刚刚出生几天的小牛犊跟着牛妈妈，还有小马驹，成群的羊，还有从身边疾驰而过的赛马的人们。我告诉他：每年草原上都会有赛马会，那个得第一名的人就是草原上的雄鹰，是真正的男子汉，是最勇敢的人。这一切对于他来讲都很新鲜，也很有趣。牵马的牧民是一位少言寡语的满族汉子，很憨厚，是昨晚上烤全羊的那个人，也是给喜子吃羊肉的人。家里有两个女娃，没有儿子，很喜欢也想要一个儿子。但是两个女娃都很好，上学成绩很好。尤其是老大，快高考了，学理科，在县城里寄宿。谈起来，话不多，但是能够感受到他的自豪和浓浓的父爱！走了不到三分之一的马道，天就开始下起了雨，儿子冷得小手都冻紫了，我把外套解开裹着他，决定往回走。到了目的地，他还是恋恋不舍地不愿意从马上下来，还想跟那匹马照张相。可等我们拿了相机回来时，那匹马又载着别的客人走了，留点儿遗憾吧！

这个牛仔城里没有更多的项目可以娱乐。又下雨，所以我就干脆开车出来带着儿子走到了距离这里也就五分钟车程的大滩镇，逛逛小镇，买一些土特产。感受一下当地人的生活。值得一提的是那里的干奶酪、牛肉干和马奶酒，还有就是喜子的小布鞋。因为他穿球鞋脚太臭了，所以我有意识地找，看看这里有没有那种纳鞋底的小布鞋，既舒服，又治脚气。还真让我找到了，买这样的小布鞋不仅是治脚气的需要，还是一种回忆和恋旧的情节。于是买了两双。当时买的时候儿子没说什么，还挺高兴的。可是回到家里上学让他穿的时候，他却说了一句让我很惊讶的话：怕同学们取笑他！这样的反应让我很是吃惊，难道学校有这样的风气？攀比风？还是……于是我跟他谈起《长江七号》，谈起关于贫穷。关于朴实和节俭。看来这个问题挺严重，如果不是一双小布鞋我还不能够发现他有这样的意识。一个人穷不可怕，怕的是没有志气和骨气。简朴和节俭并不代表着贫穷，真正的富有也不是奢侈和摆阔。不知道他能够理解多少，但是我发现这样的教育似乎是我们忽略了的，欠缺的。

吃午饭的时候，我让儿子拿着我们买的干奶酪去分给大家吃，他便挨个儿的去分，坚持让每个人都吃到。表现了很强的执著和真诚。于是我回到家里的时候就跟他讲，在公共场合和一个群体中，当你有可以分享的东西时，跟大家一起分享是对的，但是不一定每个人都必须分享。因为不一定所有的人都喜欢吃这样的东西。送给大家是一种尊重，人家接受是一种理解，但是如果强求的话就不好了。你要懂得这样的道理——我那真诚的傻儿子，妈妈要说多少话才能让你更懂事呢？

　　回来的路上，一水儿的山路。蜿蜒崎岖，路况也不是很好。虽然一路风景很美，但是还要全副精力的驾驶才能保证安全。车友中总有一些不甘寂寞的人在手台里不时地讲一些有趣的事，包括一些路况的信息。儿子就有积极的欲望参与，与同行的另外一个五岁的小朋友互相关照着，你一句我一句的不甘寂寞。直到实在熬不住睡着了，还恋恋不舍地拿着手台。一路上，他感兴趣的不是风景，却是参与到其中的车友的交流。这又让我很是感慨男孩子的特征。

　　一次短暂的旅行，一次不平凡的经历，一个有意义的节日。在他的日记里留下了痕迹。但是在他生命里流下的也许是我无法预料的。有一位哲人说过：有多远，走多远。人生就是在路上的过程，就是一场旅行。看到的，听到的，感受到的是在书本上永远都无法体会的东西。破万卷书，行万里路。孩子，你的人生还有无数的旅途，有无数的经历，希望你都能够以旅游的心态去感受，去欣赏，去追求。去感受生命的价值和意义！

　　祝你节日快乐！一生快乐！

"私奔"！

想带上你私奔，去做最幸福的人！

让发动机带上你的心，让心带上你的身体，游走、逃避、流浪、寻觅、私奔……随你怎么想，反正就是自由自在地放下一切工作、生活、现实，去梦游，游走在现实与梦之间。

往往，很多人去实现自己浪迹天涯的梦时，大多会处在生活中的逆境或闲散的状态，却无意中获得了另外的一种释放和人生体验。而那些不管是否如意一如既往规律生活的人们却鲜有能够放下什么，给自己一点儿时间和空间去实现一个梦的机会。所以有了那首歌：我想去桂林。为自己找了无数的借口，到最后，不是没有钱就是没有时间。一如《浮士德》开篇中言：

"哦，盈满的月光，惟愿你是最后一次看见我的忧伤，多少个午夜我坐在书桌旁把你守望；然后，凄凉的朋友，你才照耀在我的书籍和纸张之上！唉，但愿我能借你可爱的光辉走上山巅，在山洞周围与精灵们一起翱翔，活动在你幽光下面的草原之上，摆脱一切知识的乌烟瘴气，健康的沐浴在你的露水中央"……其实，只要你想，行动就是了，走出去，阳光会环抱你，山川会呼唤你，大地会亲吻你，河流会像丝带一样地萦绕你。向前走，在你想走的时候。那么，你就是天地间行走着的大写的人。这样的私奔叫幸福，叫洒脱，还叫活着！

我终于完成了一个梦！一个做了许久认为不可实现的梦！一个人独自驾车走完了京珠高速全程，从北京出发到珠海，历时十三天，走了 5322 公里。最后的一天，从安徽合肥到北京 1100 公里左右的距离，

12 小时晚 8 点进北京。完成了一个创举——在我四十岁的时候！

阳光灿烂，道路宽广，轻盈的油门伴着音乐驰骋在高速路上，感受着新车的速度、性能也感受着那一份心情。恰好碟机里放着的屠洪刚的歌曲《长途》中在唱：我的心情随着汽车发动，窗外的景色似熟悉又模糊，这一路去到哪里是一个长途，我的思绪又回到最初。寂寞的车里音乐开始漫步，呼吸的空气仿佛减了速度，这一路去到哪里我不在乎，只痛苦爱上这段旅途……是呀，虽然我无数次的旅行，无数次的自驾车旅游，但还是对远方充满着渴望，乐此不疲。尤其是遇到困惑或者疲惫不堪的时候，就想走，到远方去，到陌生的地方去，不管前方有什么，就是要走出去。也许，熟悉的地方没有景色。也许，走出去，只是为了给自己一个思考的空间和时间。那远方就像一个魔界，吸引着我，走向它，却从来也看不懂它。也许，我从来就没想看懂它！

在半真实半梦幻的感觉中，不知不觉地走过了几百公里，晚上到达河南郑州，打算下榻在此。入住了酒店。这是一家在河南境内有几家连锁店的酒店，介于星级酒店和便捷式酒店之间，价位和设施都还说得过去。最主要的是新，会干净一些。入住后，简单的整理了一下，便上街去准备吃点儿东西。郑州城区的建设应该在前几年就已经差不多了，所以街道还整洁，酒店的门口就有一家 24 小时营业的招商银行，很大，也很气派。正好弥补我出来时匆忙没有取钱的遗憾。不禁很感慨招行做得的确不错。街对面有很多商铺，一连排的，服装、烟酒、副食小店等等，很是方便。于是，逛了逛小店，就径直地去吃了点儿东西。河南的特色就是面食，大碗面。同时又到五七广场和市中心的主要街道看看，最大的感受就是人多！交通混乱！很多道路设了单行线，所以有一些建筑就不知道怎么进去，既没有指示又没有导向标，于是选择逃离繁杂，回酒店休息。

第二天一早，在 GPS 的指引下很快地找到了高速公路，开始了一天的路途。但是整个河南境内的高速，尤其是许昌段，大车赶集。一水儿的货车，而且探头也多，于是就没有速度，倒是给了我机会感受道路驾驶的技巧。直到出了河南进入了湖北段才好一些，但是紧接着湖北、湖南段就开始了山路。虽然曲曲弯弯的，远近不同的峰峦迭起有节奏的呈现在眼前，风景却美不胜收，但也给驾驶带来了一些障碍。为了在天黑前赶到长沙落脚，一路上就不得不加快速度地尽量往前赶。瞧！男女还是有别。一个女人自己开车在路上，或多或少的还是有点儿心虚。不知从何时开始，我怕走夜路。会在黑暗来临时，心里莫名其妙地产生一种恐惧感。也许是因为年龄大的关系，也许是因为知道得太多了，顾忌也多起来。大不如从前年轻的时候什么都不懂，跑700公里长途，又是国道，从来不知道检查备胎、机油和车况。现在可好，什么都懂了，什么都忌讳了。也许"无知无畏"是很有道理的！不然怎么人到了一定的年龄就没有了激情和冲动，反而更加的畏首畏尾呢?！路过武汉、岳阳、常德出口，想到"先天下之忧而忧，后天下之乐而乐"的岳阳楼，还有张家界，怎奈一次次错过，无缘走近，给下次旅游留一个念想吧。

夜幕降临的时候，我终于如愿地到达了长沙下榻的酒店。很辛苦，很疲乏。看了一下地图，如果明天继续赶路的话，大概要跑1000公里左右才能够到达广东境内比较大的城市。所以考虑到身体的状况，决定在长沙逗留一天。并利用这一天的时间去韶山毛主席的故居看看。那是童年的记忆，七岁的时候，爸爸妈妈带我们随单位迁徙时路过韶山，于是带我们去参观了毛主席故居。还有一张照片为证，那时的我扎着羊角辫，一脸的稚气，还有豁牙子。一晃三十几年过去，就像毛主席后来重上井冈山时的诗：三十几年过去，弹指一挥间……

拿什么拯救你——伟人的故乡

在游览的过程中，我写下了这样的题目。算是有感而发吧。因为跟了酒店的旅行团一同做一日游，所以一大早被催促着从酒店用一辆小面包车接上后直奔长途汽车站。到了那里倒车，上了一辆大客车，同很多不知道从哪儿来的散客混合着一并出发了。在市内绕来绕去的，被导游一阵忽悠后才来到了什么烈士陵园。可是那里没看到什么纪念碑一类的东西，倒是有个野人谷。不知道从哪里弄来的一群化着妆，嘴里叽里咕噜着不知什么样的语言的"野人"，又是表演，又是游戏的，神乎其神的倒真像"牛鬼蛇神"。于是，游客与导游之间就发生了激烈的冲突。言其假伟人之名行欺诈之实，搞这些乌七八糟的东西，毁伟人的形象，同时也给伟人的家乡抹黑。几经争吵和努力后，终于被带离了那里。车子直驶向刘少奇的故居。一路上，导游给我们讲解了很多从未听闻的传奇故事，讲到最后，无非就是一句话，出售光碟或者诱其购物。但是客观地讲，也能够看出当地的老百姓对毛主席还是充满了尊重和崇拜之情的。一路走来，刘少奇和毛主席的故居虽然作为旅游景点或多或少地带上了很多商业的印记，但是一代伟人的功绩和历史的辉煌还是让人充满了崇敬之心。随着各个景点的参观也像是浏览了一部宏伟的中国革命历史画卷，很多的革命老前辈和战争史栩栩如生地展现在我们眼前。这样的游览还是有很深刻的意义的。那样的茅草房、山坳坳里的农民娃子，成为了一代领袖，改变了中国几千年的历史，建立了一个前无古人的共和国，使中华民族从此屹立于世界的东方。一个人的命运与一个国家一个民族的命运紧紧地联系在一起，跳动在一起，凭的什么力量？一股子中国民族的坚韧不拔的毅力，为劳苦大众翻身解放的信念。"我们的目的一定要达到，我们的目的一定能够达到"的坚定的信仰。这样的精神不仅对当时的历史环境和条件，即使再过若干年，对任何一个民族、一个国家和个人都是具有指导意义的亘古不变的真理。认准了方向就要坚定不移地走下去，这也许就是毛泽东能够"打破一个旧世界，创造一个新世界"的根本的法宝。

令人遗憾的是，整个的参观过程，只有最关键的历史讲解和生平介绍是没有导游的。任游客自己感受吧！导游，你到底要导什么样的游览？在伟人的故乡，你值得自豪的东西是什么？难不成毛泽东也已经成为了陕西的秦始皇？当地的老百姓只是要借古人吃饭?!

　　拿什么拯救你——伟人的故乡？当年的伟人拿起了枪杆子，夺取了政权，解放了全中国。今天的伟人的故乡要拿起什么来拯救自己以报先人？推而广之，如今的中国人，在伟人身上要学点儿什么？要看到点儿什么?!

走马观花——美国自由行

这是一次疯狂的，不同寻常的旅行，也是一次难忘的人生旅途。它像一次意外的人生宝藏。在适当的时间开启了那扇门，引领我走上了这个旅途，与女儿在一次次的意外与境遇中感受着不同的人生和经历，也享受着生命的过程赐予！

女儿作为国际交换生，要到美国中部的一所大学学习一年，这就意味着大三一年要在美国度过。恰逢奥运会闭幕，她的专业志愿者的工作结束，第二天就踏上了去美国的路。到了年底，她已经出去四个月了，虽然有 MSN 通讯联络都很方便，但是毕竟千山万水的，又有那么多的文化差异，说不惦记是假的，是安慰。于是，12 月底，我办好了一切手续，远赴美国探望女儿，这对于我们来讲既是一种安慰也是一次旅行。

当我进入美国境内并转机飞抵阿伯丁时，在空中鸟瞰那片被白雪覆盖的杳无人烟的大地，心中不禁感慨。国内的很多人都觉得美国好，拼命的将孩子送出来，对这里的一切都不了解，其实是一件挺可怕的事，盲目与无知也是贫穷的一种表现！

终于见到女儿，与她的导师一同到机场接我，白雪皑皑的城市用冰天雪地迎接了我的满腔热情。在与她的老师及朋友家中聚餐并参观了校舍后的第三天，我们踏上了旅行的路。

所有的一切都是女儿独立计划完成的！从机票、酒店，到景点门票的购买，美国的互联网和信用卡嫁接之后表现得淋漓尽致的无所不能。打开 Google 的网页，输入任何一条街道的名称，轻轻一点，不仅可以看到地点所属的街道，更是有附近的真实图片供你参考。网上订酒店、机票、消费更是方便，只要输入你的信用卡号，确认订单，没有什么是不能买的！这无所不在、无所不包的感觉让人觉得有些害怕，还有什么是网络所不能达到的呢?!

　　飞抵旧金山，我们到预定好的酒店入住——因为在网络上已经完成了付账，只要出示你的身份证明就好了。之后我们又飞往洛杉矶，在那里，我们完成了第一次租车旅行。拿着在国内办好的公证后的驾照，办理了相关的手续后，得到了一辆庞蒂亚克。开着这辆车，奔驰在洛杉矶和好莱坞的明星大道上，仿佛没有了距离感，好像回到了国内。穿涌在车流中，你好像就是这个国家的一员。城市不再陌生，道路交通的统一的规则让全球一体化真正有了实践。在流动的空间和城市里，一切都显得那么的自然。凭借一台 GPS 的指引，我们走遍了洛杉矶和好莱坞。傍晚时分徜徉在著名的日落大道，脑海里浮现出《壮志凌云》中的情景，真是美不胜收！平安夜的那天我们与迪斯尼乐园的诸多动画人物一同感受了美国新年前夜的灯火阑珊与童话天堂。转天的圣诞节，洛杉矶全城休假，是一座空城，就连商场都关门。倒是给了我们一个机会肆无忌惮地信步走过每一条街道，拍下了很多奢侈的照片。看到的最多的人是流浪汉，那些以街道为家，推着一辆破车，身披着很多布片的黑人。

　　之后，我们驱车 271 英里到达了位于内华达州的赌城拉斯维加斯。这个世界著名的沙漠城市，繁华与奢靡共存。让我们见识了如白昼般繁忙的夜和灯火之城的不夜天。我们在机场跨州还了车（这就是美国这个生活在车轮上的国家的方便之处，异地还车，费用并不太高，但是极其方便），然后飞往位于东海岸的纽约。

　　到了纽约，因为在机场租车，一直到夜里 11 点多才冒着大雨行驶在纽约的公路上。我们定的酒店在新泽西州，所以从纽约机场到那里要经过整个纽约的城市道路并通过一个海底隧道。很不幸的是，因为修路 GPS 无法将我们引导到指定的道路上。绕了两圈后，女儿说跟着新泽西牌子的汽车走准没错。还好跟对了方向，凌晨一点左右终于到达了预定的酒店，平安入住。第二天，我们去看了自由女神像，到达爱丽丝岛——那个第一批美国移民上岛的地方，参观了博物馆。那里明确地记载着美国历年来移民的人数，各国籍的比例以及男女老幼的比例，很是精细和科学，一目了然。31号，我们准备去时代广场，准备跟无数的美国人一样以倒计时来等待新年的到来，怎奈一场漫天的大雪和寒冷的气候将我们堵截在酒店里，以观看电视直播来结束了这浪漫的计划。元旦那天早晨，到时代广场实地感受新年，却发现那里的空间就像北京某个街道的十字路口，被高楼大厦林立的阻隔着，看天需望向楼顶……那个著名的双子塔，如果没有施工护板上的文字说明，我们是无论如何也找不到的。奢侈的照片记录了百老汇大街上人流的稀少和钢筋混凝土森林的密集……

接下来我们从纽约出发，到费城——美国的历史文化名城，到华盛顿——那个我们到达的第二天奥巴马进驻白宫的首府，再从华盛顿回到纽约，短短几天之内，我们开车几乎走遍了美国。在纽约机场还了车，我们飞抵波士顿。一辆白色的公羊车陪伴我们走进了哈佛，走过了波士顿的大街小巷。短短的二十几天的时间里，我们走遍了美国的知名城市，从西海岸到东海岸，三个时区的跨越，我们创造了一个奇迹，也了解了一个真实的美国！

女儿开学要回学校，而我也要回国了。送走女儿，我独自上路——回国，回家！

《回家》——美国自由行

终于要回国了！终于要回家了！

历时近一个月的美国之行就要结束了，昨晚一夜未眠，今天早上起来眼睛红肿了，火辣辣的痛。昨天在 Mall Of American 等待酒店的巴士，站在白雪皑皑的寒风中近一个小时，快要被冻死了。在中国几十年来即使是在北方黑龙江、哈尔滨也不过如此了吧?！而我似乎已经久违了这样的天气和这样的等待。刺骨的寒风吹坏了我的眼睛和皮肤，所以一回到酒店就不顾一切地赶紧洗热水澡，冲上一杯热咖啡，钻进没有被子的毯子里，马上就感觉到了皮肤的灼伤。抹上护肤品，还是火辣辣的痛。想想女儿在阿伯丁，比这儿的环境条件更差，出门也没有公交，真是"事非经过不知难"。个中滋味，如打翻了五味瓶！

明天中午一点的飞机，为了保险起见，我定了早上九点去机场的巴士。要办理托运，换登机牌，还要办理离境手续。这一系列的事务对于一个只会说很少的英语，听不懂对方说什么的人来说，无疑是一项极艰巨的任务。为此女儿走的时候千叮咛万嘱咐，很不放心，让我有事随时给她打电话（其实也是瞎操心！昨天下午等不到巴士的时候，给酒店打电话，不知所云。）于是拨她的手机，里面一通呜里哇啦的英语后，就剩电话费了。晚上她到阿伯丁后告诉我，路上没信号！

晚上收拾行囊，仔细地检查每一样东西，还时不时地要掂掂箱子，怕超重。这一路上光收拾这点儿行李了，出来近一个月，理性消费，控制重量，但还是买了不少的东西。无奈，毕竟不远万里，毕竟到了美国，不是需要，也许要一份纪念。收拾完后发现，有一半的东西是给儿子的。在这一点上，女儿表现出了完全的母性关怀。一说给喜子买东西，高兴得什么似的，边买还边唠叨：小屁孩儿穿上美美衣服，美美小鞋，想想我都美！哎呀，我想回家，咬死他！

收拾停当后，拿出出国前准备好的翻译王。开始做功课。将一些常用的单词和句子翻译好写在随身的小本上，以备不测。将手机和游戏机充电，手机上好闹铃。但即使这样也还是担心睡过了，于是手机不关了！这下可好，因为明尼阿波利斯的时间跟北京差12个小时，我的晚上是北京的白天。短信、电话，一个接一个的。也许我真的出来的时间太长了，所有知道我出国的人都开始找我，以为回来了。一直到12：30分才睡着，迷迷糊糊的，快2：00时，有一个电话很执著的叫醒我，是单位的同事⋯⋯

带着一双红肿的眼睛，九点钟，我要离开酒店去机场了！

美国的酒店很简单，只要你预定的时候给它一个卡号划账或者到前台刷一下信用卡，在结账的时候收到一个账单就行了。如果有什么损坏或者赔偿它也会直接的在你的账上划走。其实这也挺可怕的，一路走来，总是在质疑他们的电子银行系统和诚信度。到目前为止，除了租车公司的那笔糊涂账外还没有发现其他的问题，但是消费的计费方式和收取确是一笔糊涂账。等回国后还款时再查验吧！

驾驶酒店巴士的司机是一个墨西哥人，他将开车送我去机场，车上只有我一个人。今天明尼阿波利斯大雪，雾也大，我很担心误机。他很好心地给我解释：从酒店到机场只有十几分钟的路程，这样的天气飞机不会晚点，让我不必担心。我很感激他，出门在外，这不仅仅是一个安慰，更是一种祈福！中国人信这个，所以讨厌乌鸦嘴，说不吉利的话。因为车上只有我一个人，所以我就用蹩脚的仅有的词汇跟他交流。我说我只会说很少的英语，他就问我从哪儿来的？当我告诉他从中国来时，他说你说中文！他问我家是不是在这儿，我说家在中国。他来自墨西哥，每年回去看一次父母，住一个月，到这里有十年了。这里天气很冷，雪很大。家里有四个女儿，他很想要儿子，但是他的妻子给了他四个女儿，一脸的无奈。我安慰他，在中国，女儿是福气，儿子是名气，他有四个女儿是他的福气，男人都希望有儿子。他很高兴！我又问他除了工作以外平时会做些什么？他说不下雪的时候会去"building house"（建筑工人），下雪了就只能来开车，做驾驶员（感觉是天气好的时候做建筑工人，下雪了就做司机）。我又问他这两项工作对他来讲哪项薪水更高些，他说盖房子，当司机的收入只有一点点……他问我家里有几个孩子？当得知我有一儿一女时便表现出很羡慕的样子……不知不觉中就到了机场，他再次确认了我的航班是 NW 后顺利地停靠在最近的一个门口，并马上下车帮我拿行李。我打开车门准备好小费走到车尾，边说"谢谢"边递给他，他很自然地收下并感谢我。（美国的酒店如果你要打扫房间，你要在床头柜上放上小费，无论是行李生还是机场，你要付小费以示对他们劳动的感谢和报酬。不知道美国的薪酬体系如何，这样的小费是不交税的灰色收入？而且在美国这个塑胶货币如此发达的国家，这可都是现金啊！）我带了三个箱子和一个随身的手提袋。他帮我从车上卸下来后边比画边告诉我在哪儿办理登记手续，然后上楼走过街天桥就是安检口，再过了安检就 OK 了。说完不顾车门开着，尾箱也没关，一手一个帮我提着行李一直拿到机票办理处，进来后还指着一个像亚洲人模样的工作人员告诉我，让我去找她办理。我很感激他并顺便告诉他：那台自助机上有中文系统，他才边说 OK 边离去。

遇到一个好人，墨西哥人，印象不错！

拿出护照，来到那个亚洲人前，用英语问她会说中文吗？她回答不会，想必是韩国人或是日本人。虽然表情冷漠但行动却很热情。拿过护照帮我办理登机牌。然后示意我把行李拿过来。我告诉她两件托运行李。登机牌很快打出来了，一称行李，又超重！！！超重、超重！已经成了我的梦魇！她又示意我跟那个箱子倒一下，超重 9 磅。女儿在波士顿的老书店里买的那本 50 美金的旧书就 4.5 磅。我无奈地将它取出放在随身背着的箱子里，又取出一些杂物，还是超了一磅。但那女人帮我弄了半天后通融地说：OK！我很感谢她，跟她说女儿在这里读书，有好多书，很重！她听了似乎更加理解我。很快办完了一些手续，谢过她，我如释重负地轻装出发了！

昨天美其名曰送女儿，其实是女儿帮我提前演练了一遍今天的过程，怕我出意外。但是我还是按照墨西哥人的指示上了过街天桥。按女儿指示的路我要下两层电梯，再上两层另外的电梯才能到达大厅，按墨西哥人指点的路，只走过街天桥就到了，很顺利！通过安检时，按照惯例，脱掉外套、鞋子、皮带和一切金属的东西，过来检验的是一个黑人。我摘下帽子放在筐子里的时候，她很惊羡地说：非常漂亮的帽子！

顺利地按照登机牌的指示找到了登机门，的确看到了我的航班的信息。1：00pm 出发。站在柜台前，拨通了女儿寝室的电话，告知平安，顺利。同时把昨天的遭遇跟她聊了几句。她说忘了给我圣诞的贺卡，背了一路，本来想在分别的时候给我，让我在回国的旅程上看的，可是忘了，很是遗憾。最后让她在飞信上给爸爸发个短信，告知平安！等待起飞，飞离明尼，出境，离开美国，到东京转机。然后是北京，是家，是儿子跟丈夫！

此时是 11：20，距我坐在这里已经过去一个小时了。10：20分，离飞机起飞还有 2 小时 20 分钟，机场很大，但也就是一些小店和快餐厅了，找了一家麦当劳，要了一杯大可乐。麦当劳可以无限免费续杯，这样坐在这里，我可以打发剩下的大段时光了。于是有了这些文字和心情。

看看表，似乎应该去看看登机信息了，如此大的雪会不会真的晚点？还有出境手续的办理！

好了，飞机上见，再记录！

11：30am 于 Minnisota

美国明尼时间 7：30pm 飞机上

11：30 走向登机口，那里坐满了等待登机的人。问讯的柜台前也站了好多人，在排队，不知是在做什么。于是我走过去想看个究竟，毕竟是要出境，怕有些手续搞不清。广播又听不懂，于是排队，跟在那些人后面看着那些人有的拿着护照，有地拿着打印的机票，看了半天，还是不知所以然。很快排到了，硬着头皮对工作人员说，我的航班是 NW19，将登机牌递上去，我要从这里出境，还有什么其他的手续需要办理吗？工作人员很快地明白了我的意思，将护照拿过去，撕掉里面入境时订在页面上的入境卡，在登机牌上盖了一个明尼的出境章，就 OK 了。我又问了登机时间，准确地被告知是 12：30 登机，电子屏的信息显示 1：00pm 准时 Depart。

放心、踏实地离开柜台，去洗手间方便一下便等待登机了。刚走出 Restroom 就听见有人说中文，也许是我不自觉地流露出的表情暴露了什么，那女人热情地用中文向我打招呼：你好！你好！我回复。从出国到现在，即使见到很陌生的老外，都会互相微笑致意，"How are you"这还是第一次自己人这样用中文打招呼，"听到中国话真亲切"。是啊，似乎她也很高兴。问我是这班机回国吗？到东京转机？看来是同路了。我也很高兴，她的身边还有一个男孩子（20 出头），有个伴总比一个人好，会方便很多。又独自到电子屏前仔细寻找了航班信息，因为刚才听到信息台广播了一大堆信息，其中有"延误""二十五分钟"这样的字眼出现，怀疑是晚点了。美西北航班的信息实在太多，电子屏幕齐刷刷的几十台并在一起，像一道电子墙。一直找到最后才找到我的航班，显示的还是一点，准时出发。于是走到玻璃窗前，望向机场，雪越来越大了，飞机的机身和机翼都被雪覆盖了。白茫茫的一片，能见度很低。景色很美，站在机场候机大厅望向雪花飞舞的机场更美。只是开始隐约觉得飞机准时起飞的可能性越来越小。果然，在延误了二十分钟登机后，满满的 747 的乘客在飞机上足足坐着待了一个小时。2：30pm 终于在复杂的机身清理工作完成后起飞了。找到座位将行李放好后给女儿打了电话，告知准时起飞，并兴奋地给老公发短信：你老婆我已经登机，马上就要飞离美国了，你就等着接我吧，一切顺利！虽然飞机晚点，也没有再额外告知他们，不然他们会担心！女儿今天也是一大早就打来电话说她那里暴风雪，什么都看不见了。亲情啊，就是这样点点滴滴的关怀！

　　十个小时的飞行，如此漫长的空中旅行时光，周围坐的全是外国人，没有中国人。在登机口遇到的那位女士后来主动跟我打招呼一起登机，原来她是来看儿子的（那个年轻人是他儿子），从国内的某高中考到这里来的，今年刚到。她的英语比我的更差，几乎不会说。很善谈，告诉我那个星光大道里面的 Michael，那个外国小孩在他们家里住，一年的时间，中文很流利，在美国待了三周的时间，只去了加州，买了些东西，吃住都在 Michel 的家里。感觉美国人不如中国人聪明。同时登机的还有一对夫妇，也是来看儿子的，但是他们的儿子是在国内读完大学出来读研的。学的金融专业，两年，打算在这儿找工作，看样子不打算回来了。夫妻俩一副心事重重的样子，看得出儿子的变化很大，应该有很多的冲突和感慨。那男人心事很重地说孩子在这儿待久了就不想回去了。噢，他们的儿子是在休斯敦读书。因为登机时间很短，又不在一起坐，也就没有多聊。距离我的座位有两三排的样子有一个女人，带了两个孩子。看样子一个五六岁的男孩，另一个有十个月左右大的小宝宝。一路上从飞机等待起飞到飞行了五个小时以后大概有六七个小时之久一直在哭闹，这么小的空间，这么长的旅程，这声音和状况实在太糟糕了。更有甚的是，在用完餐后她竟然抱着那个宝宝在飞机里走了一圈后毫不防备地把那个小孩子放在了后舱的安全门上又蹦又跳地逗着玩，完全没有安全意识，也不顾及周围厌恶的目光和神态。中途站在后舱活动一下时，有一个打扮得很讲究，很标致也很有教养的六十岁左右的女士悄悄地冲我抱怨。听不懂她全部的话，但能从只言片语中感受到大意，觉得这个妈妈实在不是一个好妈妈，完全没有公德的样子。孩子不闹了，她就念念有词地逗孩子，一刻也不消停。一路上坐飞机看到很多的孩子，美国真是孩子的天堂。无论是白人、黑人还是其他的人种，只要带婴儿一定是一应俱全的，小推车、毯子、水瓶、玩具，不厌其烦。哪怕是大一点的，也会在拿了很多行李后还抱着玩具。但似乎都很可爱，从没见过这样的，让我不得不承认教养一说。印象很深的在华盛顿的唐人街一家中国餐馆吃饭，邻桌坐了一家人——三个孩子，两个大人，两个男孩一个女孩，那两个男孩大一点。其中一个小一点的男孩说话声音大了一点儿，哥哥就用手指放在嘴上轻轻地发出嘘声示意他小声一点，一副小绅士的样子。而父亲仅仅是用目光示意他，我觉得那画面很美！而眼前的情景却是叫人忍无可忍。于是我找到了飞机上的一位中国空姐，告知她这件事情的危险性，希望她们能够阻止并关注此事。谁知她站在那个女人旁边半天不说话，反过来跟我说，她现在没有把孩子放在门上，我不能说她。一会儿她这样做时再阻止她，并很礼貌地谢谢我。然后她走回中舱，跟一个主管模样的男人和后舱服务的空嫂一起指指点点地好像在说这事。突然那空嫂疾步冲向后舱，原来那女人故伎重演，又将孩子放在舱门上玩儿。终于制止了她，周围的人都稍许有了些安慰。

　　现在的时间是明尼时间晚上 10：20pm，周围大部分人都睡了。机舱的玄窗全关着，一片黑暗，不时有人打开顶灯，这感觉像晚上火车的卧铺车厢。其实外面的天空很亮，我们应该在另一个时区了。到东京成田机场时应该是东京时间下午 17：30pm。还有两个小时应该到了！

204

　　东京时间：20：55 分

　　日本东京时间 18：15pm，飞机抵达东京成田机场，在这里转机。原飞机起飞时间是 18：20pm，要下飞机时机上广播中转机的乘客飞往北京的是 26 号登机口，预先起飞没有变化，请乘客尽快赶往登机口登机。我的座位很是靠后，在机尾。等我出了舱门再往安检口跑，已是 18：30pm 了。好在机场好像这个通道人不多，而每个拐弯处都站着工作人员指示，所以很快地到了安检处。人不算多，但几乎都带着孩子。又是车，又是玩具的，急死我了！好不容易过了安检（好在日本的安检不像美国那样又要脱鞋，又要解皮带的），终于到了登机口时，广播已在广播剩下的两名乘客的名字，其中一个就是本人啦！一进机舱门，一位男乘务员就用标准的带有北京腔的普通话说：你好！我也特别爽快地脱口而出：你好！感觉真好，回家了！

一进飞机，80%都是中国人，自己的同胞。坐下来，准备发个短信给老公，可是飞机上没有信号。无奈，只能关机。飞机又是在通道上等待起飞的命令，这架飞机几乎是从美国各地飞来转机的，还有飞到北京继续转的。19：40飞机终于起飞了！从玄窗看机场，很大，感觉也很气派。晚上地面的指示灯和交通点很有规则，很明显，也很漂亮。整洁、划一，区域清晰。飞机起飞时，可以鸟瞰这个城市的全景。方才发现机场的鸟瞰图是一架飞机的形状。而不远处的城市灯火辉煌，很是繁华。道路、桥梁、交通脉络和城市建筑一览无余。一片星星点灯的万家灯火。与不远处圆圆的月亮交相辉映。似银河，似万颗星星闪耀。夜晚常常让人迷离，更加让人迷离的是我的前方是家乡！这个城市，两次转机，匆匆而过。再见东京，从你的夜空借过。

10：08分——我就要踏上自己的土地了，我要回家了！

代　跋

朱振国

我们相识的"起点"很高。

那是一个初冬季节，自己像南归的大雁，从北国冰封的土地，飞向南粤椰林婆娑的海南岛。

在万米高空，也许是长时间旅途的难耐，我关掉MP3，从靡靡的声音世界回到现实静寂的机舱，活动一下僵直的身体，邻座的她，一袭白底小花的唐装，东方女性的贤淑淡雅，就像从舷窗射进来的阳光，给人带来绵绵缕缕的温暖和靓丽。

她正手捧一本书专心致志地沉迷在另一个世界。自己常年在外奔波，对机场书廊里摆放的那些五颜六色的励志商道书、道貌岸然喋喋不休的商战说教和千娇百媚的美女已经麻木不仁，而唯对于人生情感自始至终不愿放手。

做一个凡人，拥有一个平凡的人生，享受凡人的情感世界，是我一生最终不会放弃的。那时我八十多岁的母亲还在，每一个月我都会找出时间专门去东北老家陪伴她一段时光。我曾经对母亲说，虽然我当年金榜题名一般上了大学，但是这一辈子没有做成官，没有给家门带来荣耀，但我每年的每个月可以和母亲一起散步，一起走亲戚，一看电视，一起享受简单的晚餐，一起在床上与母亲东拉西扯，直到母亲打起轻酣入睡，我才起来开始打理自己的事情。

……

"您看的什么书？"无聊的我无心地问。

她把书递给我，好嘛，《资治通鉴》，还是明朝名相张居正勘校版。

奇女子！

由此，我们成为了朋友。

人到中年，正是人生顶峰，但对于吾辈来讲也是人生趋于平淡的开始。粗茶淡饭，笑对人生，许多想开想不开的事，到此时自然统统化解。没有少年时师长说到的一定必定及其肯定，就像太极，看似绵绵，答案尽在无言中。

其后交往中，知道她是如今当红的地产商，且扬威于京畿和海南。但她从未谈过她做过的项目，我们的话题，除了房子什么都可以谈，而且相识恨晚。

我们的孩子都是同年高考，那十几年的育儿经和付出的辛苦，使我们有共同的语言。关于我们的家人、孩子。

我不会忘记当我在母亲病重时，我把第一次真心地去拥抱母亲的感觉与她共享时，她给我的鼓励。

不久前，当她把自己多年文章集结成《泂游》一书时，我看到了一个奇女子的心胸和世界，这包括我没有见过的她所钟爱的一儿一女。

她就是毕依明。

（作者系《光明日报》著名资深记者）